ある津軽藩士の人生

松野直純随筆の翻刻・注釈・現代語訳

細川純子

北方新社

まえがき

本書は前書『阿古屋の松』（二〇一六年・無明舎出版刊）の注「書写者松野直純」の補足の意味合いをもっている。「阿古屋の松」解読の最終段階で、松野直純がいかなる人物かまったく分からなかった。「阿古屋の松」そのものに浸っており、最後の直純の注を付ける段階まで書写者を意識していなかった。ようやく慶應義塾図書館のウェブ上で「松野直純随筆」に行き着き、直純の記す生涯を軽くまとめただけだったので後ろめたい思いが残った。「阿古屋の松」に一応区切りがついたところで、「松野直純随筆」を解読してみようと思った。ここには三作品が含まれている。ほかに直純の作品として、東北大学附属図書館の狩野文庫にも「卒土《そと》の濵《はま》つと」が存在している。共に解読することで、松野直純という中級武士の人生がいくらか明らかになるのではないかと考えて、『ある津軽藩士の人生』として上梓に踏み切った。原本の保存状態は時間の経過とともに悪化していく。現時点でも虫食いや表と裏が貼りついて文字が重なり、判読しにくい箇所がある。両館に原本を見せていただいて確認したが、すでに判読できない箇所もあった。これ以上判読不能になるまえに、中間段階の訓読として報告しておくことに意味があるのではないかと、出版することにしたのである。

題名に『ある津軽藩士の人生』と津軽の名称を用い、注記では弘前を用いた。津軽ということばから風土性や詩情を感じるからで、直純は和歌の人だからである。一方、注記には弘前の名称を使うのは、歴史性、事実性を重んじるからである。地元弘前に残された資料には武士として活躍する直純（茂右衛門）の姿が散見する。それは随筆からはうかがい知れない姿だった。本書は和歌の人の側面だけでよいのだが、和歌に溺れる人のイメージだけでよいのだろうかと思い、資料からうかがえる武士の側面も紹介することにした。そこで弘前を用いるのである。なお、文中の「　」の作品名は原文を指し、『　』は筆者の著書名である。

松野直純について

詳細は直純自身の「年月の移り変わり」（仮題）で語られていることが核になるが、それに地元の資料で補えば次のようである。姓名は松野茂右衛門を代々名乗っている。

高祖父直智は貞享三（一六八六）年に四代藩主信政の時に召し抱えられた。元禄七（一六九四）年から宝永二（一七〇五）年まで用人を勤めたという（『青森県人名事典』）。出身は安芸国（広島県）と直純が書いている。曾祖父は盛直といい用人を勤めた。

祖父照直は三十歳に届く前に早世したと直純は書いている。父直正は若くして養子に入り、若き日に放埒な生活をして俸禄三百石を半分に減らされたとある。直純は明和三（一七六六）年三月、豊島郡下谷柳原に生まれた江戸定住の津軽藩士である。直純二十歳の時、父が死に、そのあとを継いでいる。直純の人生は自身に語ってもらおう。

凡　例

本書に収めた、1「年月の移り変わり」（仮題）（文政八年）、2「中野の紅葉狩り」（仮題）（文化四年）、4「桜狩り」（仮題）（文政五年）は慶應義塾図書館所蔵である。ウェブ上で公開している。3「卒土の濵つと」（文化十二年）は東北大学附属図書館狩野文庫所蔵である。本書は配列が入り交じっており、かつ最後の「年月の移り変わり」（仮題）を最初に配したのは、これで直純の人生がおおむね分かるからで、その節目節目の随筆を年代順に挿入して、「年月の移り変わり」を補うものとした。文中の年齢表記は数え年である。

翻刻の部分の行は原文のままである。読点は直純が朱で施したものである。原文は「公」「君」の叙述の場合は改行して頭から書き出しており、そのとおりにした。現代語訳は原義から外れない程度に自由に訳した。

その上で、原文翻刻の際の校訂について左記のような配慮を施した。

一　旧字体・異体字はおおむね通行字体に改めた。再読文字〳〵を漢字一字の場合も用いているが、ここは々に改めた。

二　原文は紙面上で推敲している。これは原文を確かめて分かったことで、朱墨で読点を入れ、本文を消し行間の右に別案を書き入れている箇所がある。本文を消したところは別案のみ翻刻し、併記されている場合は下に［　］を付し別案を入れた。

三　注は原文に付けたが、長い場合は現代語訳の頁に伸びている。なお、明らかな脱字と思われる語句には（　）を付して補った。

付　記

本書を為すにあたって次の図書館・博物館にお世話になり、心から感謝申上げます（順不同）。

国立国会図書館・弘前市立図書館・宮城県図書館・仙台市図書館・東北大学附属図書館・慶應義塾図書館・宮城学院女子大学図書館・国文学研究資料館・伊能忠敬記念館・青森県立郷土館

表紙絵『津軽図譜』所収「青森海上泛船船中眺望図」（写真提供　青森県立郷土館）

一　年月の移り変わり（仮題）　文政八年

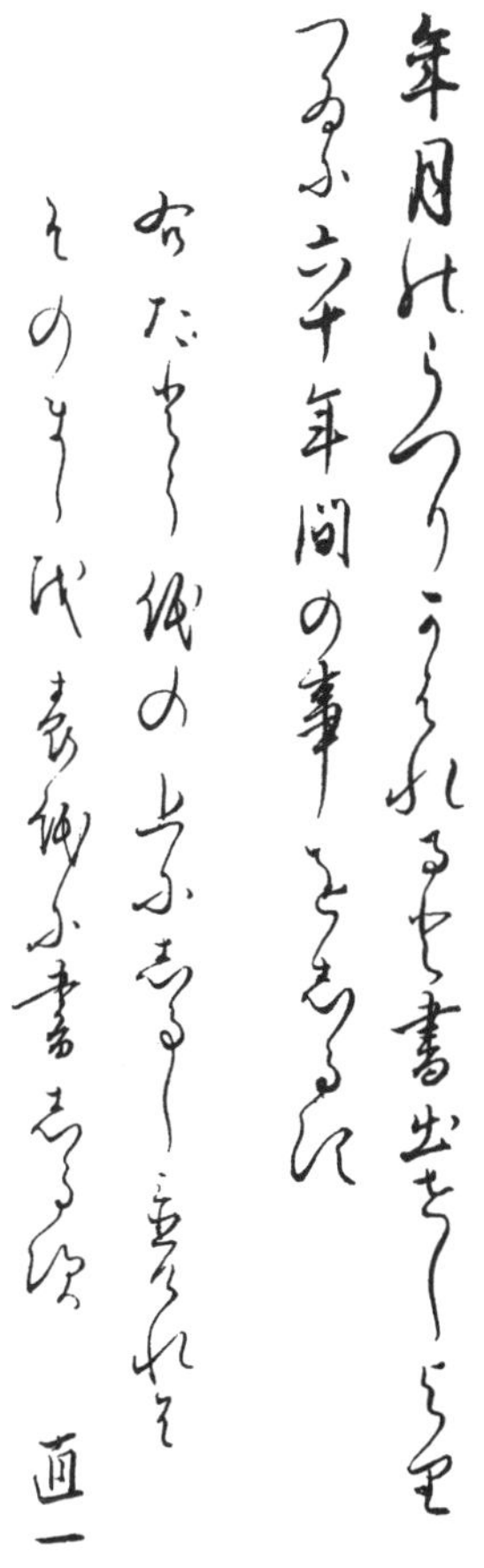

慶應義塾図書館所蔵

年月のうつりかはれると書出せしより
つゐに六十年間の事をしるす
右たとう紙の上にしるし置けれは
そのまゝを表紙に書しるす　直一

道のく紙（注1）におもひを述ることは
年月の移りかはるにつけて、愚かなるもかしこきも、身のほと〳〵の思ひ出なくてやは、昨日といひ今日とくりして、飛鳥河の流れしはやき月日を惜ミ（注2）、さゝのくま檜の隈川（注3）に水かふ駒のふまる瀬もなきをいかゝはせん、若く盛なれハまつ事多し、老衰れハ惜む事多からす、ゆへに、老の世に年月を送ること、一年は一夜の夢の心地すとか、あはれ何のことはりをもしらぬ翁と成て、鏡の影につもる雪と霜とをなけき、津の国のなにはの春の昔かたりを（注4）、かいつらね、影と相憐こそいとものくるをしけれ、いてや久堅の天あたね（注5）の地の間に生れて、生としいけるもの、人より聖なる

注1　道のく紙…古く枕草子にもその名が見え、奥州から産した楮《こうぞ》を原料とする上質の紙、と注されるが、みちのく紙と呼ばれるものは仙台藩白石から産出されたものである。南部藩では江戸時代全期にわたって他国から大量の楮用紙を移入している。弘前藩も延宝五（一六七七）年ころから他国から紙漉師を招いて、楮の増殖、紙漉の指導を受けており、元禄元（一六八八）年には藩の御用紙と市中で使用する分は賄えたらしい。しかし、楮の不足は決定的で、上方からの購入が財政を圧迫するとして、元禄五年には紺屋町の紙漉所を閉鎖している。和漢三才図絵（正徳三・一七一三序）に「紙衣は奥州の白石、駿州の安倍川、紀州の華井、摂州の大坂」から出荷されたとあり、日本山海名物図会四（宝暦四・一七五四）にも「奥州仙台紙子」という図絵が載っている。井原西鶴の一目玉鉾（元禄二・一六八九）に「白石片倉小十郎城下、此所より名物の紙衣産す」とあり、花畝の句に「仙台の浄瑠璃聞ん紙衣売」

現代語訳　年月の移り変わり（仮題）　文政八年

「年月の移り変われる」という書出しから、ついに六十年間の事を記す。

右の文は懐紙の上に書き置いてあったので、そのままを表紙として用いた。

直一

みちのく紙に感慨を記す言葉

年月の移り変わりにつけて、愚かな人間も賢人も、それぞれの身の程の感慨を抱くものではないだろうか。昨日から今日へとつないで、飛鳥川のように早く流れる月日を惜しみ、（笹の隅）檜の隅川に水を飲む駒が立つ瀬もないのをどうしたらよいのだろうか。若く盛りの年齢であれば、将来の望みも多い。老い衰えれば惜しむものも少なくなる。ゆえに老いて年月を送ることは、一年は一夜のような気持ちがするものだとか。

ああ、われは何の道理をもわきまえないまま老人になって、鏡の中の雪と霜を積んだ頭を嘆いて、（津の国の難波の春の）昔ばなしを書き並べ、鏡の中の姿と憐れみ合うのは気違いじみている。（久方の）天とあたね捲《ま》く土の間に生まれて、人間より知徳が優れ万物の師となるべきものはないとは言うのだが。

がある。これは江戸まで紙子を売りに出かけた商人がいて、紙子を買うついでに仙台地方で盛んだった奥浄瑠璃を聞いてみたいという心を詠んでいる。芭蕉がおくのほそ道の旅に持参した紙子も、白石産だったかもしれない。紙衣、紙子は紙を縫い合わせたり貼り合わせたりして仕立てた衣服のことで、白石城下では城主片倉氏の家中の手内職として、紙布が盛んに織られた。縦糸に生糸、横糸に紙糸を用いて織った独特のもので、丈夫で軽く柔らかで張りがあり吸水性に富み、絹織りよりも耐久性があった。夏場の衣服地に広く賞用され、江戸や上方へも出荷された。藩主の幕府への献上品ともされた。

注2　飛鳥河の流れしはやき月日…飛鳥川は大和国の歌枕。次の和歌を踏まえているか。

　昨日といひ今日と暮らしてあすか川流れてはやき月日なりけり　（古今３４１）

注3　檜の隈川…大和国の歌枕。万葉歌をアレンジした次の和歌を踏まえているか。

ハなしとか、そも／＼大うミのくしら、まかきのもとのかやくさも、人の生れしはしめも、思ふ事なく、なすことなく、たらちねのミとせのふところにそたち、やう／＼人となるにしたかひ、ものまねふ師につきて、いさゝかものよミをはりを聞しより、聖のミちの人の人たる教のかたはしを聞て、万の物のうちに、人と生れしを二なき幸とそしらるなるへし、時ハ明らかに和らく三年(注6)、丙戌の弥生はしめつかた、武蔵国豊島郡東叡のミやまのふもと、下谷の柳原(注7)の里に生れいてぬ、むつきのうちにちふさふくミこふしなめ、膝のもとにいさりてふりつゝみふり、芝生の庭に歩ミならひ、竹馬にまたかりや何やの遊ひして、生立けるか、五歳の比草書にて花といへる字なと書初しと覚ゆ、七の年より東西南北に家ゐうつしてすミける、ことしけけれハ軒端に生る草の名(注8)に多くハわすれてけれと、そか中にくれ竹のよきふしもうれしきふしも、けちゑんなるハ、老の心に忍はすしもあらす、九年壬辰の弥生はしめつかた、南の風よゝと吹たち、目黒村行人坂の山寺より(注9)、丙丁童子(注10)のわさはひおこり、北

ささのくま檜の隈川に駒とめて
しばし水かへ影をだに見む
(古今1080)

注4　津の国のなにはの春の昔かたりを…難波は摂津国の歌枕。次の和歌などを踏まえているか。

津の国の難波の春は夢なれや
葦の枯れ葉に風わたるなり
(新古今625)

注5　あたね…原文は「久堅の天地」と書いて「地」の右に「あたねの」と挿入している。「久堅の天」と「あたねの地」と対比させ、地上のものの代表としてあたねを出したのだろう。「あたね」は上代に染料とした植物の一つ。古事記神代記から登場する。蓼藍《たであい》の類かといわれる。

注6　明らかに和らく三年…明和三(一七六六)年

注7　下谷の柳原…下谷は現在の上野公園東麓一帯をさす広域名称。文化・文政期、弘前藩の上屋敷は本所二ツ目にあった。

そもそも大海の鯨、籬《まがき》のもとの萱草はその生れ初めを考えないように、われも幼時には何も考えず三歳まで母のふところで育ち、ようやく人間らしくなった時、物事の師について、論語の読み方の片端を教えてもらい、徳の高い人となる道を聞いてから、万物のうちで人間として生まれたことは、この上ない幸いなのだと知ることとなった。時は明和三（一七六六）年の三月始め、武蔵国豊島郡東叡の御山の麓、下谷柳原の里に生まれた。むつきをしている間は母の乳房をなめ、拳《こぶし》をなめ、膝もとに這寄っては振り鼓を振り、芝生の上で歩き方を練習し、竹馬にまたがるなど様々な遊びをしながら育ってきた。五歳の頃、草書で花という文字を書き初めたことを覚えている。七歳から東西南北に転宅を繰り返して住んだ。様々な事があったので、軒端に生える草の名（忘れ草）のように多くは忘れてしまったが、その中で良いことも嬉しいことも縁があったものは、老いの心に思い出されてくる。明和九（一七七二）年の三月初め、南の風が強く吹き、目黒村行人坂の山寺から、火の災害が起こった。

注8　軒端に生る草の名…「忘れにけり」を導く修飾語であるから「忘れ草」のことだろう。しかし、忘れ草の実態は曖昧である。和名抄に「萱草、一名忘憂　漢語抄云、和須礼久佐」とあり、元は漢語でわが国の萱草とは別物らしい。わが国ではヤブカンゾウをそれと解した。憂いを忘れるという心情語が愛されて、古今・後撰・拾遺の三代集時代に最も流行したが、その後次第に詠まれなくなっていく。中国の萱草はユリ科の宿根草であるのに、八雲御抄は普通軒にあるとしているところは直純の歌と合っているが、三代集では種を取るものと理解していて、名前が先行して実態はさまざまな理解がなされていたということか。

忘れ草種とらましをあふことの
いとかくかたきものとしりせば

（古今765）

注9　行人坂の山寺より…明和九（一七七二、十一月に安永と改元）年二月二十九日目黒の大円寺から出火し、春先の南西の強風によって燃え広がった。大名屋敷一六九、寺社

をさして、只やけにやけひろこりぬ、煙は雲霞と棚引わたり、焔はやミのよの星のごとく飛うつり、江戸御城のミくるわをはじめ、たかきいやしきわいためなく、金の殿玉のいらか、板屋茅屋は、更にもいはず、浅草の里はつれ千住の駅のはてまて、一日一夜のほどにけふりと成しこそ、いと浅ましけれ、されは焼野のきゝす、子を思ひ妻にわかれ、親を尋ね主を失ひて、行来に迷ひ、思ひにむせひしも多かりしとか、をのれ母なる人に手を携れ、まつち山のわたり夕(注11)越くれて盧崎のすミた河原にさまよひ、浅茅河原の露にそほちて、春の夜の夢も結はさりし、父なる人は御邸に残り、　御殿の火ふせかんとして、衣の袖に火うつり、身のふし〳〵所々やけたゝれ、からくして馬場の末にのかれわたり、木曽の桟(注12)よりもあやうき命助り給ひける、もろこしの昔、楚人の咸陽宮をやきし(注13)もかくやと、江戸明暦年間の炎(注14)ひよりこのかた、かゝる回禄はなかりし、明暦このかた、武蔵野広きも、上下中の邸宅、町々のさまも過し世にハうつりかはりしとかや、あくる日ハ春雨ふり名残

三八二を焼いた。「弥生はじめ」とあるのは直純の記憶違い。

注10　丙丁童子…丙と丁は五行で火《か》にあたるので火《ひ》をいう。

注11　まつち山のわたり…この待乳山と庵崎は隅田川に沿った地にあったらしく、待乳山は聖天宮を祀っている小山だったらしい。夫木抄にもこの地の名として詠まれており、中世に都の歌人が見出した景勝地であったらしい。ところが、まつち山、庵崎、角田川は大和国にも紀伊の国にもあり、こちらが古くから詠まれており、しばしば混同して理解されている。続く直純の文章で、「まつち山のわたり夕越くれて庵崎のすみた河原にさまよひ」と綴るのは、紀伊のまつち山を歌った次の万葉歌を下敷きにしているようだ。

　真土山夕越え行きて庵崎の
　隅田川原に独かも寝む（万298）

注12　木曽の桟…木曽は信濃国の歌枕。木曽路の難所に架けられた桟をいう。現在の木曽郡上松町と木曽福島駅の中頃に、室町時代頃、木曽川に沿って架けられていた木曽の桟の

風は北の方角に向かい、ただ焼けに焼け広がった。煙は雲霞のように棚引き、焔は闇夜の星のように飛び移って、江戸城の広い敷地をはじめ、身分の高い卑しいの区別なく、金の御殿玉製の屋根、板屋茅屋は言うまでもなく、浅草の里はずれ千住駅の果てまで、一日一夜のうちに煙になってしまったのは、予想を超える惨事だった。そういう状況なので、焼野の雉《きぎす》が子を思い、妻と別れて、親を尋ね主人を亡くして、これから先どうしたらよいかと嘆き悲しむ人々が多かったとか。われは母に手を引かれ、待乳山《まっちやま》のあたりで夕方になり廬崎《いおさき》の隅田川をさまよい、浅茅が原の露にぬれて、春の夜の夢も結ぶことができなかった。父は御邸に残って御殿の火を消そうとして着物の袖に移り、体の節々が焼けただれ、ほうほうの体で馬場の外れに避難した。木曽の桟《かけはし》よりも危うかった命をやっとのことでとりとめた。唐土の昔、楚の人が咸陽宮を焼いた時もこのようだったのだろうか。江戸になって明暦年間の大火以来、このような大火災はなかった。明暦以来、武蔵野広しといえども、上下中の邸宅、町々の様子も、過去の時代からすっかり様変わりしたとか。翌日は春雨が降り余燼の煙が湿っているが、雨具もないのでしとどに濡れてしまった。

跡という石組みが残っている。木曽八景の一つで、危険なものをイメージさせる。

注13　咸陽宮をやきし…「咸陽火」「咸陽宮殿三月紅」という故事で、秦の都の咸陽の宮殿が、楚の項羽に焼かれて三ヶ月間火が消えなかったことを指す。

注14　江戸明暦年間の災ひ…明暦三（一六五七）年一月十八～二十日、振袖火事とも呼ばれる大火災が発生し、江戸城の北方と西方から出火し折からの強い北西風にあおられ、海辺まで焼き尽くした。江戸の町の六十%が灰になり、江戸城の本丸、二の丸、三の丸と天守を焼き、大名屋敷一六〇、旗本屋敷七七〇余、寺社五〇余、橋六〇が焼失した。この大火をきっかけに、江戸の町は大きく改造され、市域も広がった。

のけふりうちしめり、ミのしろ衣もたらねハ、初草のあをからん所もなく、しとゝにぬれつゝ、ふた国にかゝれる橋(注15)を見しに、本所の上邸に誰かれ時心ほそくもたとりつきぬ、しる人の門にゐて、こちとて呼入、其家の子なりける衣をかし、かゆなとすゝめけれハ、飢につかれしをそしのきける、鳥のその巣をやかれし旅人めき、草まくらかりねせしほと、日あらすして金糸堀(注16)といへる処に、仮屋しつらはせて、困しわさはひに逢ける輩も、共にうつり住へきよしの仰は、茂りあふ夏の木立の露よりもふかし、さなへうふる門田にとなり、野辺ちかき家ゐなれは、八重葎はひかゝりける垣ほのひま〱、やかて秋風の吹入るもいと身にしミて、ことしもはや半たけぬと驚きあへぬに、八月初つかた(注17)野分おとろ〱しう吹て、雨ハしのをつかねてふりきほへハ、たてなるぬきなる川々よりあふれて、潮高うさしのほり、竈をもひたすに、たつミの風いやましにはけしく仮屋なれハ、頓に吹たふされける、　二親くはと驚き給ひ、をのれ兄弟をいたきかゝへて、南より西側のもとより、在し

注15　ふた国にかゝれる橋…両国橋のこと。当時、隅田川河口最東端の亀津村（現・亀戸）は下総国に属していたので、武蔵国と下総国に架けられた両国橋と命名された。注14の明暦大火の際に隅田川には千住大橋しかなく、町人たちが逃げ場を失って惨事を大きくした。これに懲りた幕府は万治三（一六六〇）年に両国橋を架け、千住大橋に次ぐ第二の橋となった。橋上からの眺望といい、川開きの花火といい、江戸屈指の名所となった。

注16　金糸堀…本所南割下水の南方、大横川、天神川の間に掘られた堀。現在の茅場町、錦糸町のあたり。

注17　八月初つかた…徳川実紀25（安永元・八月二日）に次のようにある。

　西の刻辰巳の方より風つよくふきいで戌刻にいたりてはいよ〱はげしく、雨さへそひて、大木をぬくばかりなり。この春の災後、家々の邸宅やうやう造作とゝのひしは屋舎、塀垣などのこりもなく吹き潰し、此夜永代の橋もかたぶきし。深川地に

二国に架かる橋を見て、夕暮れ本所の上邸にやっとのことでたどり着いた。知人が門口に立っていて、こちらにどうぞと呼び入れてくれた。その家の子の着物を貸してもらい、粥などをすすめてくれたので、飢えに疲れた体を休めることができた。鳥の巣を焼かれた旅人の子は、(草枕)仮の宿りを転々としたが、幕府はほどもなく錦糸堀に仮屋を作らせて、同じ目に遭った人々も共に住むべしとの仰せは、茂りあう夏の木立の露よりも深いものだった。早苗を植える門田に隣接し野辺近い住居なので、蔓草が絡まり合う垣根の隙間から、やがて秋風が吹き込んでくるのも身に沁みた。今年も早、半分も過ぎてしまったと驚く頃、八月初め、野分が恐ろしく吹き荒れ、雨が篠《しの》を突くように降りつのり、東西のすべての川が溢れ高潮が上ってきて、竈《かまど》をも水浸しにし、南東の風がだんだんと激しく吹いてきた。仮屋なのですぐに吹き倒されてしまった。両親はああっと驚いてわれら兄弟を抱きかかえて、南から西からそこにあった芦小屋に這いつくばって入った。

は潮をしのぼり、今年にはいと稀なる事とぞ聞えし。八月十七日この日また北風つよく吹て、さきにまぬがれし家宅を吹潰す事数かぎりなし。

芦小屋にはひ入、あまのこゝよりも辛きめをミ給ひて、春よりも又あやうかりし、いのち助りたまひける、のかれ出し小屋〳〵より、たゝちに火もえ出ぬ、おそましなといハんもことのはたらす、よて春の火にやけ残りし鎗刀やうのもの、いさゝかの調度めくもの塵ものこらす、　高祖父直智(注18)なる人に、
先君高照霊社(注19)より賜りし、禄三百石なる、
御仰紙をはしめ、系譜やうのもの隻字も残らす、灰燼となりけるを、何とかいはん、なけきても猶あまりある水火風のわさはひなり、ふる郷の春の草蕨もえ出し後、秋ハ又もとあらのはきのゆかりのもとをとひてそ、野分のあとの風雨をハしのきける、こたひハ所の様も、猶田舎ひたる柳島村(注20)に、茅か軒端葛の根の長屋めくわたりに、うつり住へき仰のかたしけなき御恵、露の千種にしけかりける、過にしはるまてハ世のうきめに逢ても、夏の日にあつく、うしとも岩間の清水わきまへさるか、此比老たる人のひそみ、人々かたりあへるか、ふとをさなき耳の底にとをりて聞は、わか家のミにはあらねと、

注18　高祖父直智…高祖父は祖父の祖父。直純の高祖父直智は貞享三（一六八六）年津軽藩四代藩主信政《のぶまさ》の時召し抱えられ、寄合並。翌四年に三百石で御聞役。元禄七（一六九四）年～宝永二（一七〇五）年隠居するまで、十二年間用人。
　曾祖父盛直も若殿様付用人で、元禄十二（一六九九）年六月信寿公世子の時、初めて津軽へ下向した際、供に付いた。直純からみて高祖父直智―曾祖父盛直―祖父照直（三十歳に足らず死）―父直正（養子）

注19　高照霊社…弘前藩四代藩主津軽信政。弘前藩主十二人のうち、特段に顕彰されたのは藩祖の津軽為信と中興の祖と称された四代藩主信政である（就任明暦二、退任宝永七）。他の藩主と比べて目に見える形で藩政に貢献したことは間違いないが、元禄八、九年の飢饉では領内に膨大な餓死者を出すなど、その治世には明暗があったが、成立期の矛盾を解決し、新たな藩政の立て直しを図り、後の藩政を規定する要素が多かった。好学の藩主としても知ら

海士の子よりもつらい目に遭って、春よりさらに危険な命がやっとのことで助かった。そのため春の火災に焼け残った槍刀などの武具、少しばかりの家財道具は塵も残らなかった。高祖父直智が先君高照霊社より賜った禄三百石の御仰紙をはじめ、系譜のようなものの一文字さえも残らず灰燼に帰したことは、嘆いてもなお尽きることない水火風の災害だった。故郷の草蕨が萌えだしたあとは、秋の本荒《もとあら》の萩に連なる萩咲く野を訪ねて、野分のあとの風雨のつらさを凌いだ。このたびの住まいは場所柄もいっそう田舎びている柳島村で、茅葺きの軒端、（葛の根の）長屋めいたあたりに移り住むようにとの、有り難い仰せの御恵みに、涙がこぼれるばかりだった。これまでは春につらい目に遭っても、夏の日に岩間を流れる清水に慰められ事の重大さを弁《わきま》えないでいたが、この頃、大人たちがヒソヒソと語りあっているのが、ふと幼いわれの耳の底にも聞こえてきたのは、自分の家だけのことではないが、君主から賜った御印紙を焼いてしまったことは重罪ということだった。

れた。藩政時代の人々は菩提所を高照神社として尊崇した。高照霊社は吉川神道における神号。春日四神とともに信政を祀り、弘前藩では津軽総鎮守の岩木山神社とともに厚く尊崇された神社。五代藩主信寿が父の遺命によって建立したのが、高照霊社。

注20　柳島村…押上村の東、北十間川の南岸にあり、東・南は亀戸村（現江東区）幕府領。村内の耕地が武家地・寺社地とされ、耕地が減少。弘前藩津軽氏の抱屋敷があった。天台宗龍眼寺には萩が多く植えられ萩寺と呼ばれた。

君より賜りし御印紙やきけるハ、いと軽からぬ罪のよし、祖父照直主三十にもたらて世をはやうし給ひ、父直正主養子とならせられ、少年にて家をつき給ひ、老たるうしろミもなかりしかハ、僚友の酒と色とを好めるにそゝのかされ、身の慎をわすれ、過し給ふ事有しとて、俸の半をけつらる、友をはゑらふへき事にこそ、こたひ又御とかめをうけ給はは、父母をはしめ兄弟も、いかなる処にかさすらへんと、秋の夕のあはれさに催されて、人しらす涙のこほるゝを、袖に包ミものにまきらハせし折々もありけり、水火風雨一かたならぬ天地のくたしけるわさはひなりしかハ、強くのとかめハ、葎の扉さしこめしにてゆり給ひぬ、門を明け立出たれは、夕暮のうる（は）しき習ひ、雲のはたてのものおもひも、ミなわすられにけり、処のさま西の小河の岸に舟さしよする便を得て、北は庭を荻原になせし野寺にとなりたれハ、折から花見かてらとひこし人めも草もやゝかれなんとして、下葉色つき雁なきわたる比は、さひしさの初め成へし、南おもてハ亀井の

祖父照直主が三十歳にも達しないで世を去ってから、父直正主が養子となり少年のままで家をお継ぎになった。老練な後見人もいなかったので、酒色におぼれる同僚に唆《そそのか》され身を慎むことを忘れ過ごした咎《とが》で、俸禄を半分に削られた。友は選ぶべきものである。このたび又お咎めを受けたなら、父母をはじめ兄弟もどのような所に流されるのかと、秋の夕べのもの悲しさに誘われ、人知れず涙がこぼれるのを袖に包み、ものに紛らわせて暮らした折もあった。ひとかたならぬ水火風雨の災いは天地が下したものなので、重い咎めはなく蟄居《ちっきょ》することで許された。門前にたたずめば夕暮れはいつも美しく、底知れぬ悩みもみな忘れられた。所の様子は西の小河に舟が寄せる岸に臨み、北は庭が萩原となった野寺に隣接しているので、折からの花見がてらに訪れる人もあったが、その人たちの足も遠のいたと思う頃、下葉が色づき渡ってくる雁の声が聞こえてくると、寂しさの極みのはじめである。

天満宮（注21）の御社のかたそき、松の木の間より拝まれ、明暮にきねかつゝみ笛の音の聞ゆるかう〱し、東ハ臥龍梅の遠近う、春立しよりこちふく風のにほひきたれるも、故巣の鶯ものうかるねの柴垣のうちにハ、いと思ひの外なりや、一とせ二とせを住なれて八歳にも成けれハ、儒臣戸澤某（注22）がもとにて初て孝教の句読をさつかり、筆を右にせる星野某に、なにはつあさか山のかたはしをまねひぬ、夏の日の夕くれハ、人さす虫の多く、暮あへぬより誰宿も蚊遣火くゆらしたる、いといふせし、しかハあれと、五月雨のはれま待えて、すゝしき夕やミのたと〱しさに、蛍の飛かふもえならす、窓にあつめん事ハしらす、ひたすら扇もて打おとし、すしの袋につゝまんとせしハ、けに心なき童遊ひなるハや、木からしの吹すさミぬる夜、くつねふくろうの声、ものすかう、冬ふかく成まゝ、初雪の降けれは、人も訪こぬ門のミちに、里の犬めきて、をのれと跡を付つるハ、手足もこゝへにたれハ、地爐のほとりにすへり入て、ほた折くへてあたりぬ、やかて又雪をしなみ降

注21　亀井の天満宮…亀戸天満宮。現在の江東区亀戸三丁目にある。

注22　儒臣戸澤某…戸澤半左衛門か。弓の得意な軍師勘左右衛門の高弟荒木十内の門人。文武両道で信明公（後の八代藩主）の御守役。読書を申上。

南面は亀井の天満宮の御社の千木《ちぎ》が松の木の間から見え、朝夕は杵の鼓笛の音が聞こえてきて厳かである。東は臥龍梅の香が遠く近く、立春から東風にのせて漂ってきて、古巣の鶯の物憂げな声がこの柴垣の中まで届くのも、思いがけないことであるよ。そこに一、二年暮らしているうちに八歳になったので、儒臣戸澤某のもとで初めて孝経の読み方を教わり、筆の上手の星野某には「なにはつあさか山」の和歌の片端を学んだ。夏の夕暮れは人を刺す虫が多く、暮れぬうちからどこの家でも、蚊遣り火をいぶしているのでうっとうしい。そうではあるが、五月雨の晴間の涼しい夕闇の足下のおぼつかない夜に、蛍が飛び交うのも風情がある。窓に光りを集めることは知らなかったが、ただただ扇で落とし繻子《しゅす》の袋に入れようとしたのは、誠に心ない子供の遊びであったよ。木枯らしが吹き荒れる夜は、狐やふくろうの声が恐ろしげに聞こえてくる。冬が深まるにつれて初雪が降る頃は誰も訪ねて来ないので、門前の道に里の犬だけが我が物顔で足跡をつける。われは手足が凍えるので、囲炉裏の側に張りついて小枝をくべながらあたったものだった。

つきて、芦ふける軒端、杉の板戸のすきまより、初夜すぐる比、いと白く月かけのさすかけはかり吹いれたる、哀深くそ覚えし、十一歳のはるはしめて信寧君(注23)に見けし奉る、十三歳の夏もかさやミぬ、父なる人備後福山侯の北の方につけられしかハ(注24)、その住給ふける邸小川丁の邸に移りける、こゝにて梓弓やとせの春秋を送るほと、剣ハ中西某、弓ハ都甲某、鎗ハ種田某(注25)、聖の書ハ森東郭(注26)先生を師として、若き力愚かなる心をつくして学ひつ、数ハ山口某にいさゝかとひてやミぬ、天明らけき五とせ(注27)乙巳秋、父きミ重き病にふし給ひて、つかへをかへし、柳原の邸にかへり住て、心のかきり医療を尽せしかと、其かひなくて、葉月末つかた身まかり給ふける、里の名の柳の木の間もる在明の影も、いとかなしく、心尽しの秋なりけり、忌の日数(注28)終り禄を襲て、
信明公(注29)に仕へ奉る、あくるとしの春、ころもきさらき、山鹿氏の女をめとりて妻とす、いつの世のえにしや有けん、筒井筒井筒によりしにもあらて(注30)、をのれ乳ふさ含し比、妻ハまた生れさ

注23 信寧君…弘前藩七代藩主。のぶやす公。

注24 父なる人、備後福山侯北の方につけられ…備後福山侯とは阿部正倫で、老中阿部正弘の曾祖父にあたる。明和六年に備後国に十万石を領し、福山に住んだ。後、天明七年に老中職に進み、従四位下にのぼり伊勢守にあらためる。津軽七代藩主信寧の娘が継室となる。直純の父直正は七代藩主信寧公に仕えたので、その姫の世話役として直正がつけられたということ。

注25 種田某…種田流槍術の家。

注26 森東郭…享保十四（一七二九）─寛政三（一七九一）。江戸中期の漢学者。上総の人。江戸に住んで宋学を唱え、「非弁道弁名」「易道揆乱弁」などを著わして荻生徂徠の学を糾弾した。人となりは温順、操行慎粛、古賢に恥じなかった。延岡藩二代目藩主内藤政陽は、しばしば東郭を招いてその講説に師事した。

注27 天明らけき五とせ…天明五（一七八五）年。

注28 忌の日数…服忌令一条に、父

さらに大雪が降って、芦葺きの軒端や杉の板戸の隙間から、初夜過ぎる頃、たいそう白い月の光だけが差し込んでくるのは、哀れ深く感じられた。

十一歳の春、初めて信寧君にお目見えした。十三歳の夏にもがさを病んだ。父は備後福山侯の北の方の付人になったので、お住いの小川町の邸に移り住んだ。ここで（梓弓）八年の年月を送るうちに、剣は中西某に弓は都甲某、槍は種田某、儒学は森東郭先生を師匠として、若い力、幼稚な心の限りを尽して学んだ。数学は山口某に少し学んだが、すぐ止めてしまった。

天明五年秋、父君が重い病気に罹って職を辞し、柳原の邸に移り住んで医療の限り尽したが、その甲斐もなく八月末にお亡くなりになった。里の名にもなる柳の木の間から洩れくる有明の月の光も哀しく、心をかき乱される秋であった。忌の期日が終り、われは父の禄を継いだ。

信明公にお仕えすることになった。翌年の春の二月、山鹿氏の娘を娶り、妻とした。妻とはいつの世からの縁であろうか、筒井筒の物語になぞらえるつもりはないが、自分がまだ母の乳房を含んでいた頃は、妻はまだ生まれていなかった。

母の場合、忌五十日、服十三ケ月、閏月を数えず、とある。死亡の月から数えて十三ケ月の末日までが服の期間。

注29　信明公…弘前藩八代藩主。

注30　筒井筒井筒によりしにもあらで…伊勢物語二十三段（定家本）に、幼なじみの男女が幼い頃は井戸の周りで遊んでいたが、年長けて意識するようになり遊ばなくなったが、互いに想いあっていた。男の方から筒井筒の和歌を詠んで求婚し、二人は遂に結ばれたという話を引いている。

筒井つの井筒にかけしまろがたけ過ぎにけらしな妹見ざるまに

りし先、かの家と軒ならひ住けれは、つねにはひ行遊
ひしを、家こそりていとをしくせしとうけ給はる、かくて
軍法ハ其家にしあれハ、(注31) 舅高美翁に学ひ、射を阿野某に
学ひしかと、戦空しき折から、弓矢さへよからす、もとより小兵
なりしかハ、その技をよくする事あたはす、つかへの身と成てハ
番に上りけるあはひ、僚友の交りに費しける月日もおしむ
へし、玉ほこの道ある御代の楽しさ、あし引のやまと歌の
かたはし学はまほしく、二条流なる隠者儘田重明(注32)に
とひけれと、事のこゝろをわきまへすしてやみぬ、寛政二年
庚戌の水無月半、はしめて男子をまうけ、熊太郎と名つく、
則直一世、母君をはしめ一そくのよろこひ、いはんかたなし、

辛亥の秋

寧親公津軽の御家をつかせ給ひし時、(注33) 御そはちかくめし
つかはる、ありしにこえていとかたしけなき御めくみ也ける、あく
るとしの卯月ミちのくにゝくたりぬ、舅なる人も共にくたられ
しか、さるへき甲冑を見いてゝ、をのれに求め得さす、治る
御代のかしこさとハいひなから、やけうせし後、年をへて

注31 軍法ハ其家にしあれハ…兵学者の家で、藩の武術・兵学を担っている。先祖は山鹿素行に婿入りした山鹿将監の子孫。将監は四代藩主信政に仕え、家老を勤めた。四千石を受けるなど権勢を誇ったが元禄十年に家老を免ぜられてから零落の一途を辿る。子孫は家臣として残ることは認められ、高義（高美）の祖父の代、三百石で帰参した。直純の高祖父も四代藩主信政に召し抱えられたというので、先祖から両家は親しかったか。

注32 儘田重明…号梅柳軒。歌人。江戸の人。寛政七年没(七十三歳)。

注33 寧親公、津軽の御家をつがせ給ひし時…寛政三（一七九一）年八月二十八日、二十七歳。

その家とは軒を並べて住んでいて、始終這って遊びに行っていたので、家中で可愛がってくれたと聞いている。成長ののち、軍法はその家の専門なので、舅にあたる高美翁に学び、弓術を阿野某に学んだが、なにせ戦のない時代ゆえ弓矢の上達もおぼつかない。もともと小柄で弓を引く力が弱いので、その技術に長けることはできなかった。公にお仕えする身分となり出仕する番の合間に、同僚との交際に費やす時間も惜しんで、（玉鉾の）道ある治世の下で（足引きの）やまと歌の片端でも学んでみたくて、二条流の隠者、儘田重明《ままだしげあき》のもとを訪れたが、本質をわきまえぬまま中断してしまった。寛政二（一七九〇）年六月の半ば初めて男子をもうけ、熊太郎と名付けた。直一である。母上をはじめ、家中たいそうな喜びようであった。

翌寛政三年の秋、寧親公が津軽の御家をお継ぎになり、われはお側近くに仕えることになった。今までより更に有り難い御恵みを賜った。翌年（寛政四）の四月、陸奥に下向なさることになった。舅も共に下られるので、その旅にふさわしい甲冑を見つけ出し、われに付けさせた。安定した治世の有り難さとはいえ、以前の火事で焼け失ってから年月が経っても、貧乏侍のため準備ができないでいたことを恥ずるのみである。

寒士なれハ用意の遅かりしを、はつるのミ、名たゝる函人の作れるハよけれと、軍の場の旗幟なれハ士の分際にしたかひて、金貴やさらんこと、師の伝へむへなる哉、義勇なくして錆衣をのミ頼むへきかは、さハいへ寒き国なれハ、埋火をのみ友と頼ミ、霞と共に立帰る春にも成しかハ、きえ行雪の白河の関路をのほり、江都に立帰りけるそいさまし、さるのちも二たひ三たひ旅衣あつき御恵を重ね、二百里あまりの山をこえ、河をわたり、外浜かせ、月雪の眺望ハ、其折々にしるせしものあれハ(注34)もらしつ、こし方を思ひ出れハ、これよりさき十七歳の其夏とハ覚えし、父なる人いとほしうする子にハ、旅をさせよといへることわき、人ハ艱難嶮岨を経歴すへき教にかなへるとて、老たるしもへをくして、真柴かる鎌倉(注35)山鶴か岡の御社(注36)にまうて、石上ふりにし跡をさくり、武家の代となりての盛衰を感慨しけるか、絵図なと家つとにもとめてかへり、何のしるせしものもなけれハ、長谷の里人にとひしことなとハ、由井の浜貝わすれにしかと、結の島に打いてゝ富士の高嶺を望し、海山の高き広きかきりもなく

注34　外濱かぜ月雪の眺望ハ其折々にしるせしものあれハ…「中野の紅葉狩り（仮題）」文化四（一八〇七）年・慶應義塾図書館所蔵、「卒土の濵つと」文化十二（一八一五）年・東北大学図書館狩野文庫　ともに本書に翻刻。

注35　真柴かる鎌倉山…「ま柴刈る」は枕詞ではないと思うが、中世以降時々用いられている。それは奥山のイメージを喚起するもので、ま柴を刈る山人（賤）と続け、詠者も隠遁者を想わせる。直純のこの使い方は単に「ま柴を刈る鎌」と鎌倉山の鎌を懸けただけである。

注36　鎌倉山鶴が岡の御社…鎌倉市雪ノ下にある神社。康平六（一〇六三）年源頼義が石清水八幡宮を鶴が岡に勧請した。源頼朝が現在地に移して鎌倉幕府の宗祀として、源氏の氏神、武門の守護神となった。なお、松野直純も源氏。

有名な具足師の作るものは理想だが、戦場での旗印であるから士の分に従って金銭を費やすべきとの、師の教えはもっともなことである。義勇なくして錆衣《さびごろも》をのみ頼るべきではない。そうはいっても寒い国なので、火鉢の火をのみ友として過ごした。霞が立つ春になれば、消え行く雪の白河の関を通って、都に帰るのこそは晴れやかなことだった。その後も二、三度（旅衣）厚い殿の御恵みを重ね、二百里あまりの道を山を越え川を渡って往復した。外ヶ浜風、月雪の眺めのことは、折々に書き記したものがあるのでここでは省略する。過ぎし日を思いだせば、それよりももっと前、十七歳の夏と記憶するが、父は、可愛い子には旅をさせよということわざがあるが、人は艱難嶮岨《かんなんけんそ》を経験すべきの教えに叶うからと、老いた下部を共として（真柴かる）鎌倉山鶴が岡の御社に参詣して、（石上）古き歴史の跡を巡って、武家の世となってからの盛衰に思いを巡らせた。絵図などを土産に求めて帰り、記したものが何もないので長谷の里人に尋ねたことなどは、由井の浜貝忘れてしまったが、結の島に打出でて富士の高嶺を眺め、海山の高さまた広さが限りもなく続く眺望に、どんな巧みな絵師も実景には叶わないと感動したことは今もありありと甦ってくる。

つきせぬミるめは、たくひも波の色にうつすともいかて及はんと、今もこゝろのうちにうかひぬ、天明三年癸卯初夏ころ、

藩に

官命ありて、神田橋の城門を守らしめ給ふ時、騎馬の士数人、其所に乗りける跡、上邸に上番せし事の有しか、ふん月七日(注37)、空俄ニかきくもり、てる日の影もけふりにすゝけたらんかことし、ぬりこめの白き壁なとにうつり、度々なへのふるやうに、戸障子なと鳴わなゝきし、いかなる事にやと、諸人憂をなせしに、やかて吹くる風もあしき匂ひして、板縁白う霜の置わたすやうなるハ灰也けり、ほともなく信濃なる浅間の嶽こと更にやけのほり、峯つゝきなるあつま山(注38)くつれ、ひちりこの湯流れ出しとか、昔より遠近人の見やハとかめぬ(注39)と聞しも、かくおとろ〳〵しき事ハ語りも伝へさりし、かんつけの国(注40)に砂石降て、田畑うつもれ、人の焼身せしも少なからすと、しかのミならす(注41)、此秋ひさくたなつもの不熟して、陸奥出羽ハ飯にうへし多しときく、いと浅まし、国の守仁政を行はれしハいとかしこく、小吏の年をつみするにくむへし、

注37　ふん月七日…天明三（一七八三）年七月七日、浅間山噴火。浅間山は江戸時代に三十回以上噴火した。当該噴火は四月八日から始まっている。多量の溶岩と火山灰を噴出させ、一一五二人が犠牲になったほか、田畑などに大きな被害をもたらした。火山灰が長く空を覆ったため、天明飢饉の原因となったといわれる。これが世界的な異常気象をもたらし、アイスランドのラーキ山の噴火と合わせて、一七八九年のフランス革命の遠因になったともいわれる。国内では火山灰を浴びた国は十国を超え、遠く陸奥国まで及んだ。とりわけ西は信州追分、軽井沢、東は上州吾妻郡、高崎、前橋の間が特に被害がひどかったと「後見草」にある。

注38　あづま山…群馬県嬬恋村と長野県境にある、コニーデ型の火山。標高二三三三メートル。頂上に火口あり。

注39　昔より遠近人の見やハとかめぬ…伊勢物語八段の次の歌をふまえている。

天明三（一七八三）年初夏の頃、藩に官命が下り、神田橋の城門を守護するようにとの命で、騎馬の士数人で其処に乗りつけた後、上邸に上番したことがあった。七月七日、空がにわかに曇り、照っていた日の光りが煙りに煤けたように土蔵の白い壁に映り、度々地震が起こって戸障子などが鳴くような音を立てるので、一体何事だろうかと人々は恐れおののいた。そのうち吹いてくる風が嫌な匂いを含んで、板縁が白く霜を置いたようになったのは灰だった。まもなく信濃の国の浅間山がひどく噴火し、峰続きの吾妻山は崩れ、熱湯の泥水が流れ出たということである。昔から誰が見ても咎められないと歌われた山も、このように恐ろしいことは伝えられてもいなかった。上野《かみつけ》の国（現在の群馬県）に砂石が降って田畑が埋もれてしまい、焼身した人も少なくなかったとか。そればかりかこの秋に収穫する米は熟すことなく、陸奥、出羽の国では飢えるものが多かったと聞く。たいそう不憫なことだった。国守が仁政を行われたのは有り難いことだった。低位のわれは長い年月を積み重ねて、その御姿勢に従うべきであろう。

　信濃なる浅間の嶽にたつ煙
をちこち人の見やはとがめぬ

注40　かんつけの国…上野国《こうづけのくに》。現在の群馬県と栃木県の半分にあたる。

注41　陸奥出羽ハ飯にうへし…近世の奥羽が冷害をもたらすヤマセの常襲地帯であり、天明三年の弘前藩は初春から荒天続きで大凶作となったが、同時に藩が備蓄米を江戸、上方に廻米してゼロになったことで深刻になった。七月頃から愁訴、打ち壊しが頻発し、藩は施行小屋を設置したが、小屋の劣悪な施粥に耐えきれず抜けだし、集団で強盗と化し、やがて藩を越境し秋田領をはじめ江戸にまで向かった。秋田も南部や津軽に近い山間部は飢饉状態であったが、それも含め流入する非人のために施行小屋を設けた。出羽国まで「飯にうへし」とは直純の情報不足か。

丙午のとし、正月元日(注42)日食して皆既す、食甚に八日中をくらく、門の松かけなといと朧に地にうつりける、初春のころハ火のわさはひ度々にして、友にさそはれ、杉田村(注43)の梅をさくりし日、江戸のまち大ひにやけしかハ、帰雁ならねと、花を見捨て夜半にやとりにつきぬ、月花とても父母のいませすハさらせ、あまりに程遠くハ尋ねましきとくひぬ、春分の比ともすれは雨ふりつゝき、水無月も名のミにて、蝉の羽衣見けるハすくなく、七月の半(注44)ひたかけたる水いてぬ、箱根の関のこなたの国々、山をつゝミ岡にのほれり、わか住柳原も床のうへ尺斗水おしあけたれハ、筏やうのものくミしつらひ、軒のつまにつなき置、里の中道さしめくりけるか、誰も〳〵も水馴ぬわさなれは、くつかへり落けるを、すハ陸に沈しとて、楼の窓よりわらひあへるもありける、公よりハくろき鯨舟(注45)といへるに蚣の足のことくろをたてゝ、死せんとする人をすくひ、仮屋をまうけ、かゆをつくりて人をたすけ給ひし、御いつくしミの波かゝりし事ハ、心ある人のしるせる文ともあまたならんかし、

注42　天明六年丙午のとし正月元日…徳川実紀巻四に次のようにある。
　丙午正月午の刻日蝕なるにより卯の刻に朝儀行はる。

注43　杉田村…現在横浜市磯子区の杉田。江戸時代から杉田の梅として有名だった。

注44　七月の半…十八日、大雨。「後見草」は北は草加、越ヶ谷、粕壁、幸手、栗橋、関宿の先まで、岡は海のようになったとある。やっとのことで命助かった者たちを窮民御救の船を仕立てて救い、両国川の北方と博労町の馬場に炊出所を建てて、握り飯を振る舞った。山の手といわれる所も水没し、土地の低い両国、永代、新大橋の橋は流れ落ちたという。

注45　鯨舟…鯨舟には①鯨を捕まえるのに用いる江戸時代の勢子舟《せこぶね》。②江戸時代に勢子舟の敏捷な性能を生かして、そのままの船型につくられた小型の軍艦。幕府水軍また諸侯の御座船や付き添いや使者船のつき添いに使われた。黒塗りのほか白木造りのものもあった。③射止めた鯨を

丙午の年（天明六・一七八六）正月元日に日食があり皆既した。最大の食には日中暗く、門の松影が地上におぼろに映った。初春の頃は火災が度々起こり、友に誘われ杉田村の梅を見に行った日、江戸の町が広範囲に焼けてしまい、帰雁ではないが花を見捨てて帰り、夜半にやっとのことで家に着いた。月花の風流も、父母がおいでにならない場合はもちろんのこと、あまり遠くまで出かけるべきではないと後悔した。春分の頃から雨が降りがちで、水無月（六月）の名も名のみで、蝉の抜け殻を見ることも少なく、七月の半ば洪水があった。水は箱根の関所のこちら側の国々の山を包み、岡を上るのだった。わが住む柳原も床上一尺（約三十センチ）ほど水があがり、筏《いかだ》のようなものを組んで軒のつまに繋いでおいた。里の中道を漕いで進もうにも誰もが水に慣れていないので、ひっくり返り水に落ちるものもいた。それを高い建物の窓から見て「やあ、陸の上で溺れたぞ」と笑い合っているものもいた。幕府からは黒い鯨舟というのにムカデの足のように櫓を立てて、溺れる人を救助し、仮屋を作り、粥を作って人々をお助けくださった。このような御温情の子細は心ある人によって書かれた文もたくさんあるだろう。

ひいてくる捕鯨船と似ていることから、曳き船のこと。ここは②（日本国語大辞典）。

甲寅のとしむつきはしめて女子うまる、伊保と名つく、四月の半、をのれ一等をくハ〻りて宿直もありなから、日毎に局にいてけれは、本所の第二橋の北なる上邸に居をたひてうつり住ける、夏引のいとまなき直廬(注46)に、宵暁の郭公(注47)を聞、をく露の台にのほりて、さやけき秋の月をなかめ、退食(注48)には蓬か窓の雪のうちにとしをつミ、丁巳の早春又女子うまる佐衛と名つく、去年より世にをしなへてもかさはやりしか、太郎先やミて順痘に日たちぬ、二女もつ〻きてやみしかいとあつく医薬もと〻かす、神仏にねきてしもかひなくて、二月はしめ淡雪と共に消うせぬ、空蝉の世をはかなふすへきあらましにや、年の程よりも才のかしこかりしなと、思ふも、をやの心のやミにまよふ成へし、こてふの夢の、た〻ちにはるの花ちりにし後、夏の日の長き夕、只にくらさんもほゐなくて、近き小路に炮術の星場かまへたる渡辺某につきて、火術をまなふ、庚申の閏四月はしめ又女子生る、銀と名つく、凡物かれに失へハ是に得るとか、大かたの学ひの窓に八日かけの短きをおしめと、星学ハ夜の

注46 直廬《ちょくろ》…江戸城内の各役職の控えの間のことから発して、藩でも用いたか。又、当番で任務につくことをもいう。

注47 郭公…ホトトギス。ホトトギス科の鳥。夏鳥として五月に渡来し、八、九月頃南方に帰る。広葉樹林帯に生息し、林間を飛び回りながら鳴き、夜間にも鳴く。古くから親しまれ、当てられる字も霍公鳥・杜鵑・時鳥・子規・不如帰など。万葉集の時代からその声が賞美され、夏歌に多く詠まれている。なお、カッコウもホトトギス科の鳥でホトトギスより大きい。ホトトギスと渡来、帰る時期も同じだが、カッコウを「郭公」と表記するのは近代に入ってからである。

注48 退食…朝廷から退出することだが、藩邸から退出することにも用いたか。

甲寅の年（寛政六・一七九四）一月、初めて女児をもうけた。伊保と名付けた。四月の半ば、われは一階級進んで宿直もするようになったが、毎日役所に出るので、本所の第二橋の北にある上邸に住まいを賜って移り住むことになった。（夏引きのいとまない出仕に、宵暁のホトトギスを聞き、露けき台に上ってはさやかな秋の月を眺め、退出しては蓬這う窓に積む雪の内に年を重ねて、丁巳（寛政九・一七九七）となり、早春に女児をもうけ佐衛と名付けた。去年から世間ではもがさが流行《はや》り、まず長男が罹《かか》ったが順調に回復した。続いて二女も罹ったが、たいそう重篤で医者も薬も効果なく、神仏に願っても聞き届けられずに、二月はじめ淡雪とともに消え失せてしまった。（空蝉の）世をはかなく感じる出来事だった。二女は年のほどよりも賢かったなど思うのも、親の心の闇に迷っているのだろう。胡蝶の夢のたちまちに春の花が散ってしまったあと、夏の長い夕べを無為に過ごすのも本意ではないので、近くに砲術の道場を構えている渡辺某について、火術を学んだ。庚申の年（寛政十二・一八〇〇）の閏四月はじめまた女子が生まれ、銀と名付けた。およそひとつ失うと又得るものがあるということか。

一般の学びは日中の時間の短さを惜しむのだが、天文学は夜の長さが必須である。

長きを時とす、こゝに下つふさの国佐原の郷にすみける伊能忠敬(注49)といへりし人ハ、武蔵野の草のゆかりの、又のゆかりなりけるか、家富けれハ、其家ハ子なるに継せ、隠居して、其星学を好むの志を遂ける、隠者ハ、市朝の喧をさけ、山かたつきたる静かなるを好むならひなれと、此翁、かの郷より江戸にいてゝ、深川の墨江のちまたに隠居をしめ、天文博士高橋先生(注50)の門に入て、夜日となくその道を学ひしと聞、訪行てたいめするに、いと古代にまめなる本性にして、心の直なる事、羅針の南北をつらぬくか如し、をのれ従ひ学ひ、せめて一すみをもうかゝハまほしかりけれと、仕ふる身のきはゝ築地の高きも、柴垣のひきゝも、芦の一夜よそにかりねせぬ掟なれは、願事もかなはぬ成へし、かなはねハとて只にやミなんもほゐなく、夕くれより宵のほと訪て、其業を見もし聞もししける、西洋より漢土を経て、伝へ来り、今の寛政暦法(注51)の蜜合せるなり、其かたはしをうけ給りぬ、又其事をよくせんとすれハ、必先其器を利すとか、垂球の時計(注52)象限儀(注53)南北線(注54)羅針(注55)星鏡なと、今の世の

注49　伊能忠敬…延享二（一七四五）年上総国山辺郡（現山武郡九十九里町）生れ。

十八歳で伊能家の婿養子となる。妻伊能ミチは二十二歳。村民の推挙で佐原村本宿の名主後見となる（三十七歳）。天明三年の浅間山大噴火により関東地方にも灰が降り洪水があって、米穀が稔らなかった。忠敬は関西より大量の米を買い、村民を救済した。残米を江戸で売り利益を得た。大水で破壊された堤防の修理にも当たり、これらの功績によって忠敬は領主から苗字帯刀が許された。天明四年、本宿組名主を辞め村方後見となるも、たびたび村の窮乏を救った。寛政二（一七九〇）年、二番目の妻が亡くなり、仙台藩医桑原隆朝の長女の信を三番目の妻に迎えた。家業の酒造り、米の売買、金貸し、川船運送に携わり、佐原で一、二を争う財産を築き上げた。寛政六年、忠敬五十歳の時、領主から隠遁を許可され、家督を長男景敬に譲り、多年の功績に対して隠居扶持として一人扶持が給された。寛政七

ここに下総の国（今の千葉県北部と茨城県南部）佐原の里に住む伊能忠敬という人は、武蔵野に縁のある人でわれも遠い縁をもつが、伊能氏は裕福なので子に家を継がせて隠居し、天文学を極めたいとの意思を遂げた。隠者は市井の喧噪を避け山深く静かな地を好むのが常であるが、この老人は佐原から江戸に出て、深川の墨江《すみのえ》の町中に隠居所を構え、天文博士高橋先生の門に入って、夜昼となくその道を学んだと聞く。訪ね行き対面すると、たいそう古風で実直な性格で、心がまっすぐなことは磁石が南北を指すようである。自分も付いて学び、片端だけでも聞きたいと思うが、仕える身では高官も低位のものも、他所に外泊できない決まりなので希望も叶わない。叶わないからと諦めてしまうのも本意ではなく、夕方から宵にかけて訪ねて、その技を見もし聞きもした。暦法は西洋から中国を経て伝わり、今の正確な寛政暦法となったものである。その一端を教授していただいた。その事を極めようとするには、必ず機材を正しく使うことだとか。垂揺球儀の時計、象限儀、南北線、羅針、星鏡など、今の世の最高の職人に精密に作らせたので、これ以上の機材はない。

年（忠敬五十一歳）江戸に出て深川黒江町に居住し、高橋至時の弟子となり、天文暦学を学ぶ。測量の技術を体得し、寛政十二年（忠敬五十六歳）、第一次の蝦夷地測量から第九次（忠敬老齢のため不参加。第十次は江戸府内測量）まで、測量隊を率いて日本全土を測量して大日本沿海輿地図を作製して幕府に献上した。

注50　天門博士高橋先生…高橋至時《よしとき》。明和元―同年（一七六四～一八〇四）年生れの大坂の人。江戸中期の天文学者。十五歳で家職の大坂定番同心を継ぎ、貧窮の中で算数・暦術を松岡龍一に学び、のち当時天文学の第一人者麻田剛立の門に入り、間重富とともに門下の双璧とされた。幕府に寛政改暦の動きが起こり麻田剛立を招いたとき、剛立は固辞し至時と重富を推し、至時は天文方として改暦事業に功を挙げた。至時はまた門下生伊能忠敬を指導して日本全国測量の大事業にあたらせ、また肺患を冒して「ラランデ暦書管見」十一冊を編述した。

注51　寛政暦法の蜜合せる…蜜合は

良工某をして、くハしくつくりしめたれハ、よの常の及ふへくもあらす、此翁官命によりて、(注56)蝦夷か千島にわたりしより、六十余州を海に沿て、島々までも残るくまなくめくり、昼は鉄鎖を引はへ、羅針をもて、方位を見とをし、山々の高さをかうかへ、路程をはかり定め、夜ハとまり〳〵の宿の場に、象限儀をたて、南北線をはり、星鏡をもて、北極出地の高度(注57)をはかり定め、古今未曾有の輿地図(注58)を製して奉りける、年をつミて大なる功なれり、門弟子ハ引つれたりといへとも、かゝるいさほしの総裁、只一人か手にして成就しける事、功を成て其賞をはからさりし、無欲なる心の、天のミちにやかなひけん、誠に古今に独歩せる人といひつへし、草稿の図半なりける比、近江路より東北の方を、(注59)吾藩北狄防御の備にも成ぬへけれはと、せちにこひもとめて、　本藩の庫に収めしか、をのれも翁のもちたりし厘曲尺(注60)をこひて、其図のうつしと共にひめ置ぬ、是より前、仙台侯の侍医桑原仲純(注61)、此伊能子の舅なりけるか、今日本の地図を製

ぴったりと合っていること。寛政暦は寛政十（一七九八）年に改正された暦。それまで用いていた宝暦甲戌暦にかえて高橋至時が間重富たちの助けを借りて、西洋天文学の漢訳本である「暦象考成後編」を参考にして改暦したもの。以後四十五年間続いた。伊能忠敬の入門は寛政七年。

注52　垂球の時計…垂揺球儀のこと。振り子時計。日月蝕や木星の衛星の蝕などの時間を計測し、その数値から経度を求めようとした。

注53　象限儀…天体の高度を測定できる分度器。望遠鏡をつけて天体を観測。

注54　羅針…羅鍼とも書く。方位磁石に用いる磁針。

注55　星鏡…観星鏡。望遠鏡のこと。成型して貼り重ねた和紙の上から漆で塗り固める一閑張製法の円筒をくみあわせて、伸縮が可能な構造をしている。大は倍率が十〜二十倍と推測され、経度測定のため月や木星の衛星などを観測した。

注56　官命によりて…十八世紀後半は北海道沖にヨーロッパ勢力が進出

この翁官命によって蝦夷が千島に渡ってより、六十余州を海沿いに島々まで隈なく巡り、昼は鉄鎖を引き羅針を持って方位を定め、山々の高さを考え、路程を測り定め、夜は宿泊の宿で象限儀を立てて南北線を張り、望遠鏡で北極出地の高度を測り定め、古今未曾有の輿地図《よちず》を作製して、幕府に献上した。年月を経て偉大な功績を挙げた。門弟を引き連れての仕事とはいえ、大きな功績を挙げた中心人物であり、ただ一人の手により成し遂げた。翁は功績を挙げても報償や賞賛を願ったのではない、無欲で天の道に叶った、誠に古今に類をみない優れた人物といってよいだろう。草稿の図が半ばだった頃、近江路から東北の方面をわが藩が北方の防御の備えにも役立つからと、無理に願ってわが藩の蔵に収めた。われも翁の持っている厘曲尺をねだり、図の写しと共に秘め置いた。これより前、仙台侯の侍医桑原仲純は伊能翁の舅にあたるが、今、日本の地図を作るのはこの人をおいて他にない、と語った。

注60　厘曲尺…射水市新湊博物館の高樹文庫「石黒信由関係資料・測量器具」として蘭尺定木《らんじゃくじょうぎ》が紹介されているが、これが厘曲尺とも呼ばれるものである。蘭尺定木は高精度の木製のものさし。一分（三ミリ）の目盛に斜めに線を入れて、その十分の一の一厘まで読み取ることができる。縦五センチから五・三センチ。横三九・三センチ。形は伊能忠敬記念館に展示されている「折衷尺《せっちゅうじゃく》」に似ている。これは佐原の伊能忠敬記念館よりウェブサイトADEACの存在を紹介され、そこからこの情報を得たものである。

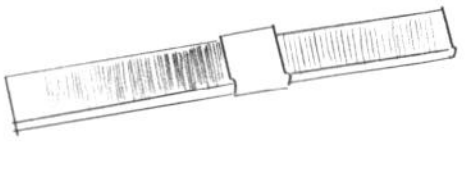

し、幕府は国防の必要性から蝦夷地の正確な地図を必要としていた。伊能忠敬の師高橋至時は暦を作る上で地球の大きさを知る必要があり、それには子午線一度の実測が必要であると痛感していた。至時は忠敬とはかり、蝦夷地測量の必要性を幕府要人に具申し、交渉を重ねて実現させた。寛政十二年閏四月―十月、蝦夷地と奥州街道を測量（第一次）。五十六歳。経費は忠敬が全額負担。

注57　北極出地の高度…方中高度という。緯度を算出するために空地に象限儀を備えつけ、一晩に五、六星から二、三星の恒星の方中高度を観測し、それを基に各地の緯度を算出した。

注58　輿地図…世界地図。また単に地図。

注59　近江路より東北の方（の地図）…東北の測量が終わり琵琶湖測量が済んだ第四次測量の後、幕府に献上する地図を作製していた文化元年の頃か。

せん事、此人にしくものあるましと語りける、其言むなしからす、仲純翁又高名のくすしにて、己か家こそりて、たひ〳〵重き病をくすしすくひ給ハりける、医の術の事ハしらねはしるさす、只医の人となりをしりて、馴むつひしなり、天門の学も医の道も万つの天地間の事至誠ならてハ成就せすと、仲純翁いへり、そも〳〵うつは物をもからす、力をも入すして、天地を動すへきハ、己か敷島のやまと歌の道なりける、

寧親の公、文武の道はさらにもいはす、万の業ハ名高き人々を師とし尊ひて学ひたまひ、春の花のあした、秋の月の夕暮の御慰にとて、成島和鼎翁（注62）を師とせられ、冷泉家の和歌の道に御心をよせられしかハ、侍らふ臣々等にも、あまのもくす書あつめて、よるへと頼めよとの仰をかしこみ、みさかななとにへにして（注63）、其門に入ぬ、和鼎翁とし八十にあまり給ひ、鶴の髪霜のこと白う、勝雄（注64）の御主も頭の霜やゝ翁さひ給ひ、司直（注65）の御主ハ、いとさかりなる花の笑の眉（注66）、うるはしうおはしき、

注61　桑原仲純…「仙台藩士事典」には桑原氏は武州埼玉郡忍城主阿部豊後守旧臣で、伊達吉村の侍医となるとある。多くの書には宗村に抱えられたとある。医学を橘宗仙庵に学び、元文五（一七四〇）年、宋仙庵の請いにより藩医として召し抱えられた。延享三（一七四六）年宗村の病気を治し、加増されて四百俵となった。以後、この人から四代にわたって諱を隆朝と称する。伊能忠敬の三番目の妻になった信は二代目隆朝の娘か。伊達家の「伊達世臣家譜正・続」を参考にすれば、一代目は隆朝如璋、二代目隆朝養純純明で三代目は隆朝純曽である。二代目は明和八（一七七一）年に家臣の治療を始め、天明二（一七八二）年に主君の治療を始め、三年には功により褒美を貰っている。後、病により労を減じられて江戸に住まいするとあるから、この二代目が仲純であろうか。三代目は寛政五（一七九三）年から治療を開始している。嫁に出す娘がいるのだから二代目が妥当か。忠敬が信を迎えたのは忠敬四十五歳

その言葉どおりである。仲純翁は有名な医師であり、わが家はみな度々重病を助けてもらった。医術のことは詳しくないので書かない。ただ人柄に惹かれて馴れ親しんだ。天文も医の道も、すべて大地自然の道に誠実でなければ成就しないと、仲純翁が語った。そもそもわが器量は重々しくない。われが力を入れずに天地を動かすべきは、和歌の道である。

寧親君は文武の道は言わずもがなであり、すべての業は高名な人々を師として敬い、学びなさった。春の花のあした秋の月の夕暮れの御慰みとして、成島和鼎《かずさだ》翁を師と仰ぎ、冷泉家の和歌の道にみ心をお寄せになった。付き従う家臣たちにも腰折れ句を書き集めて心の拠り所にせよと仰せられたので、われらも肴などを手土産にしてその門に入った。和鼎翁は年は八十歳を越え、鶴の年の髪は霜のように白く、勝雄主も霜の頭でやや老人めいて見える。司直《もとなお》のおん主はまさに盛りの花の笑みの眉が美しくていらっしゃる。

の時で、寛政二（一七九〇）年、まだ隠居して江戸に出る前である。この信は忠敬五十歳の時亡くなった。信は結核で江戸の父の下で療養していたらしい。この信の父親が何代目の隆朝かという参考になるのが、只野真葛の「むかしばなし」である。真葛が文中、ぢぢ様と呼ぶのは初代の隆朝で、木曽の山中で親に死に別れた孤児だと書いている。真葛はこの隆朝の娘と工藤平助の間の子である。をぢ様と呼ぶのは母の弟で二代目隆朝なのだが、この二代目は工藤家に冷酷だったと書いている。真葛は宝暦十三（一七六三）年生まれで、伊能忠敬四十五歳の寛政二（一七九〇）年の時二十七歳である。信といとこと考えられないか。つまり信は二代目隆朝の子であり、この隆朝が直純の書く仲純である。

注62 成島和鼎翁…幕府の奥坊主を勤め、将軍吉宗の勧めにより冷泉流に入門し、冷泉関東門のまとめ役を勤めた成島信遍《のぶゆき》の子にあたるのが和鼎。享保五（一七二〇）〜文化五（一八〇八）年。和鼎も幕府に儒者

幕府にミやつかへせらるむかし三代の宗匠家の、大内山にのほり給ひしに、(注67)似かよひたるはや、ある時龍州翁(注68)の、直純か詠草をけつり給ハりけるつゐてに申けるハ、わか国もろ〳〵の事、多くハもろこしより伝へきて、鳥の跡絶す、正木のかつら、永く伝はれる中に、只人の言の葉のミ此国ふりなれと、学はてハ其さましらさりし事のいと愚かなりしかと咎せしかハ、さなり、是のミそ人の国より伝はりて、神代を受し敷島の道と、為村卿もよみ置給ひしと示し給ふける、いとかしこくて其教をうけぬ、仕ふる道芝の露しけく、うちはらふのミか、野辺の小笹、よの中のことわさしけきいとま、月雪花紅葉に心をとめけるうち、年の名も文化とあらたまりぬ、乙丑の秋、妻又ふくよかに成ぬ、此比は山鳥の尾上へたてしさま成しかなと、人々しりうことす、祖母君ハ八十の老にミつはくミ給ひ、火あやうき比にも成しかハ、もし火の過ちあらは、をのれは御たちに出し跡に、屓て退けまいらする事なと、いかゝと心ひとつに思ひわつらへと、子うミたらハ、人しらすころさんまては思は

として仕えながら、冷泉流和歌に精進し、父のあとを受け、冷泉関東門流のまとめ役を務めた。父信遍が一度だけ用いた号龍洲を用いた。

注63　みさかななどにへにして…にへ（贄）は神又は朝廷にその年として奉る土地の産物。特に食糧としての魚・鳥などを指すことから、冷泉家に入門の際の進物として魚を贈ったこと。弟子となってからは御肴代としてお金を贈った。詠草添削を受ける謝礼として年始と八朔にお金を贈り、いわゆる盆・暮れには適宜地元の産物を贈らなければならなかった。その都度、冷泉家には二千文、現在の価格で七、八万円ほど。雑掌にもその半分ほどを贈った。

注64　勝雄…成島和鼎の養子。宝暦八（一七五八）年～文化十二（一八一五）年。勝雄の実父は和鼎の父信遍と同僚で、勝雄も信遍に和歌の指導を受けていた。号を衡山とし幕府の儒者。名を峰雄、のちに勝雄と改める。弘前藩にもかかわり、文化八（一八一一）年に蝦夷地警護のため弘前に下る九代藩主寧親に、孫子の

代々幕府にお仕えしていらっしゃるのは、三代の宗匠家が朝廷にお上りになった時と似通っている。ある日龍洲翁が直純の和歌を添削していた時だった。わが国のいろいろの事の多くは中国から伝来して、今に続いている。（正木の葛）長く伝わっていくうちに、普通のひとの言葉だけがこの国のものだが、学ばなくてはその区別がつかず愚かであると批判されたが、誠にそのとおりであった。これだけは外国から伝わったものでなく、わが神代につながる和歌の道であると、為村卿も詠み置かれていらっしゃると示してくださった。たいそう有り難くその教えを頂戴した。仕えの身は仕事が多くこなすだけで精いっぱいだったが、世情も騒がしいそのいとま、月雪花紅葉に心を留めているうちに、年号も文化（一八〇四）と改まった。丑（一八〇五）の年の秋、妻はまたふくよかになった。この頃は山鳥の尾上隔てていたようなのにと、人々は陰口を言っているようだ。祖母君は八十歳になり非常に老い衰えて火の始末が危なくなったので、もし火の間違いがあり、われが仕事で出かけた後はきつく叱って退けさせることは出来ないと、ひとり悩むのだが、子供が生まれたら密かに殺そうとまでは思わなかった。

兵法を引用して鼓舞するはなむけの書状を送っている（国文学研究資料館所蔵津軽文書）。

注65 司直…安永七（一七七八）年～文久二（一八六二）年。勝雄の子。母は和鼎の孫。寛政七（一七九五）年に十人格奥儒者見習いになり、十一年に大番格に進む。文化六年に徳川実紀の編纂を命じられ、大学頭林述斎の下に局を司直の屋敷として作業を行った。広く群籍に通じ、本朝の典故に明るく、史才に富み文章に秀で、和歌も判者級だった。

注66 花の笑の眉…直純が何をふまえたのか不明だが、源氏物語・夕顔の巻に、光源氏が夕顔の咲いている垣根から透き見した美しい女性夕顔を…白き花ぞおのれひとり笑みの眉ひらけたる…と表現している。直純は司直の若く美しい容姿をこのように表現したのは、源氏物語が頭にあったか。意味は「愁眉をひらくように誇らしく花が咲く感じ」をいう。

さりし、されハ孝のしらすきにや、郭巨(注69)かこと天より金の釜たまはりて、寒士なるを人のわらはんもよしや、生る子ころさんとの志ならハ、はしめより妻と床を共に臥ささらんにしかすなと、又ひとり心のうちに思ひときける、はからすも霜月末つかた、祖母君病ひなく、寿をもて終焉をうけ給ひぬ、分れの際の悲しさは、老も若きもへたてなく、藤衣袖の涙そ氷りとちける、あくるとし丙寅のむ月三日の夜、又女子生る、七夜に吉と名つくこそ、郭巨か事なと思ひめくらせし、我なからいと〳〵愚かなりや、是より前直一十歳の暮よりめし出されて、日毎に御側さらすめしつかはれ、御筆を染給ひ栄蔵の名を下し給はりぬこそ、元服してことし八藩に入らせ、御供の数にくハゝりける、かしこさわか家の昔にハ及はねと、栄行春に立帰るをよろこひあへりしに、思ひかけす、弟なる貞郷同僚と大なるあやまちしいてゝ、重き罪をかうふり、卯月の比外浜近き藍沢といへる山の奥にさすらへぬ、をのれ親子其事に座せられて、等をくだり、水無月のはしめ又柳島村に移り住ける、かれかめころをも

注67　三代の宗匠家の大内山にのほり給ひしに…大内山は京都御室にある山だが、主に皇居・内裏をいう。冷泉家は宮廷歌壇において不遇だったのが、享保六（一七二一）年十三代当主為綱の代に御文庫の勅封を解かれ、名実ともに宗匠家として立つ基盤を得た。十四代為久、十五代為村には門流拡大の使命が課せられた。為久は関東冷泉門の形成に功績があり、将軍吉宗との密接な交わりを通して幕臣たちを積極的に冷泉門に入門させた。為綱から名誉回復して宮廷歌壇の中心的存在になっていくことと、成島家が信遍—和鼎—勝雄—司直と、幕府に仕えたこととを共通点と見ている。ちなみに、冷泉家は為村の次には為泰が、成島家では司直の子の良譲（筑山）が、ともに宮廷、幕府に仕えている。

注68　龍洲…成島和鼎が主に用いた号。

注69　郭巨…後漢の人。二十四孝の一人。家が貧しくよく親孝行ができないでいるところに、三歳になったわが子が祖母に食べ物をねだり、祖

しかし、そうなると親孝行が疎かになる。郭臣のように天から金の釜を頂いて、貧乏侍の身を人に笑われてもままよ。生まれる子を殺そうとの心ならば、はじめから妻と床を共にしなければいいのだと、ひとり心の中で納得した。

はからずも十一月末、祖母君病むことなく天寿を全うしてみまかった。別れの際の悲しさは老いも若きもみな同じで、喪服の袖は涙で氷った。翌年丙寅（文化三・一八〇六）の年一月三日の夜、また女児が生まれた。七夜に吉と名付けた。郭臣のことなどを思い巡らせていたのは、我ながらたいそう愚かなことだった。これより前に直一が十歳の暮れから召し出され、日毎に殿のお側近くに呼ばれることが多くなった。殿は自ら筆をとり、栄蔵の名を賜った。今年は元服して御供の数に加わった。その有り難さはわが家の昔には及ばないが、これから栄えていく春に立帰ると喜びあっている時、わが弟貞郷が同僚と大きな過ちを犯し重罪を申し渡され、四月頃外浜に近い藍沢という山の奥に流された。われら親子もその罪に連座して等級を下げられた。六月はじめまた柳島村に移り住んだ。

母（郭巨の母）は自分の食べ物を減らして孫にあげていた。見かねた郭巨は母の食べ物を取るわが子を殺そうと、穴を掘っていると、穴から黄金の釜が出てきて裕福になったという故事。親孝行の郭巨に天が感じたということである。

はくゝミ、その飢寒を助るさへあるに、養母（注70）のひすかしく、弟らの物にくるひなとせしを、何くれとあつかひける、災のつとひぬるうるさけれハしるさす、をのれかよはくも男子なれハ、心志をくるしめ、筋骨をも労しつへし、母君めこら心つかひ誰有てかあはれまん、そも天のかゝるせめをくたし給ひて、いさゝかの善根をなさしめ給ふにやとそうたかはれし、炎ねつにくるしミける、うき身のやまひおこたりて、秋の半にも成しかハ、松上にいつる月をなかめ、年のうちに竹裏の鶯を聞春ハ又小松を引、若なつむ野のたよりを待てそ、其折々の幽栖をはなくさめける、夕顔棚の下陰、月まつむしの声を友にて、その秋をすくし、三冬（注71）月雪のいと深うふりつもりて、三徑さへうつもれはてたるわひしさ、いはん方なし五柳先生（注72）か伝なとよミ、こゝにして天年を終んと思ひしに、年際に一等を進ミ、ふたたひ御側近う仕へ奉るへきよしの君命のかしこさ、思ひきや露けき野辺の藤袴ぬき捨て、身にあまる梅か香のえならぬ御衣賜りてきむとハ、落合某、戸沢某と共に、

注70　養母…直純の弟は養子になっていたか。養家先の姓は不明。

注71　三冬…冬の三ヶ月。陰暦十月、十一月、十二月の総称。

注72　五柳先生…五柳亭徳升（一七九三～一八五三）か。江戸時代後期の戯作者。通称関根甚蔵また豊島屋甚蔵。別号五柳亭五柳。寛政五年に江戸に生まれる。江戸鎌倉河岸の紙商のち本材木町で貸本屋を営み、晩年は柳島に住んだ。歌舞伎の脚本を書いた。謹慎中でも娯楽性の高いものも読んでいるようだ。（大岡敏昭著『幕末下級武士絵日記』参考）

弟の妻子をも世話し、飢え寒さを助けているときに、養母は弟の常軌を逸した行為を何やかやと口やかましくいいながら、嫁や孫の世話をする。災難が続き煩わしいのでこれ以上書かない。

われはひよわながら男子である。だが心痛のあまり肉体をも痛めつけたのだろう。母君、妻子の心遣いは有り難いものだった。そもそも天がこのような責めを下して、すこしでも善根をなすようにとのお計らいなのかと、疑ってもみる。高熱に苦しんだが秋の半ばになると、だんだん病が癒えてきた。松の木の上に登る月を眺め、年内に竹林の鶯の声を聞き、春は又小松を引き若菜摘む野のたよりを待っては、淋しい生活の楽しみとした。夕顔棚の下陰に月待つ虫の声を友としてその秋を過ごし、冬はたいそう雪が深く積もり、庭の細道さえ埋れてしまう侘びしさはいいようもない。五柳先生の書物などを読書しながら、ここで天命を終えるのだろうかと思っていたところ、歳末に一等を進んで再びお側近く仕えよとの君命の有り難さ、思ってもみなかったことよ、露けき野辺の藤袴を脱ぎ捨て、身に余る梅の香高き衣装を賜り着ることになるとは。

若君の侍読(注73)たるへきよしの仰、重ね〳〵かしこし、論語の句読なとさつけ奉る、手習はせ給ふける、御筆すさミに楽山といへる字をかきてたうひけれハ、永く書室の名とす、三とせへて、やう〳〵弟か家のわつらひもかたつけ終り
甥ひとりをとゝめぬ、仕への道のゆきゝ近きか為にと、上邸の向ひなる山鹿氏のもとに、其嫡孫をうしろミかてらうつり住ぬ、伯父なるかいかゝといはれしもことはりあれと、舅姑のわれを見給ふ事、子のことくせられし、夏の比
大殿も若君も林祭酒(注74)の門に入給ひしかハ、その後われらも同しく其門に入へきよしの仰をかうふりける、乙巳年(注75)睦月二十八日
若君に伝(注76)たるへきの命あり、微臣か不肖なる、いかて重き任にたゆへきやと固辞し申せしを、家司津軽親守(注77)しゐて
命にしたかひ奉るへきよしなれハ、恐れミかしこミ、御うけを申してしそきぬ、つとめて家司の前にして、伝たる職の
誓詞をよむに、其條目のことは、及はすなからかねてより
君恩にむくひ奉らんと心かまへせしむねに符を合せたれハ、よミ終り無名指(注78)の血を雫に押て、其状をさゝく、

注73　侍読…主君のそば近く仕えて、書を講ずること。また、その任にあたる人。

注74　林祭酒…江戸時代後期の幕府儒者。明和五（一七六八）年～天保十二（一八四一）年。林述斎のこと。大学頭を称し晩年は大内記という。祭酒は大学頭の唐名。美濃国岩村藩主松平乗薀の第三子。寛政五（一七九三）年、幕命により林家の養嗣となり、諸太夫・大学頭となった。寛政の改革にあたり学問所設置の建議を進めた。昌平坂学問所は従来林家の別邸であったが、幕府に土地を納れ聖堂を拡張・改築して、学事諸制度を定め、幕府直轄の学問所となった。文化八（一八一一）年には朝鮮信使応援のため、対馬に赴いた。天保九（一八三八）年に聖堂・学問所御用ほかの勤めを辞し、大内記と改名した。これまで昌平坂学問所を主宰する傍ら西ノ丸御前講釈、将軍世子の誕生名文字の推選や読書講釈御用、日光山関係御用をも勤めた。また、幕府の編纂事業も推進し、「寛政重修諸家譜」「徳川実紀」

落合某、戸沢某と共に、若君の侍読をするようにとの仰せは、重ね重ね有り難いことだった。論語の句読などをお教えした。手習いもお教えした。手習いの合間に楽山という文字を書いて差し上げたところ、長く書室の名となさった。三年が経ちようやく弟の家の悩みも解決し、甥ひとりをとどめ置いた。勤務先の往復に近いようにと、上邸の向いにある山鹿氏のもとに、甥の世話がてら移り住んだ。伯父なのにどんなものかと言うのは道理だが、舅姑はわれを実子のように扱ってくれた。夏の頃、大殿も若君も林祭酒の門に入門なさったので、その後われらも同じ門に入るべきの仰せを受けた。己巳の年（文化六・一八〇九）一月二十八日、若君に伝の勤めを果たすようにとの命令が下った。われごときの物知らずの者が、重い任務にいかに堪えられようかと固辞したが、御家老津軽親守殿が、無理してでも命に従うべきとのことなので、恐れ多いことと恐縮しながらお受けして退出した。翌朝、御家老の前で伝としての職の誓詞を読む時、その条目の言葉は、及ばずながらかねてより、君恩に報いるべきという決意と一致していたので、読み終わって薬指の血を絞り血判してその誓詞を捧げた。

他多数に関与し、自らの著書も多数にのぼる。

注75 己巳年…文化六（一八〇九）年。

注76 伝…古典などをくわしく解釈すること。これを行う人をも指すか。

注77 家司津軽親守…家司は令制で親王家・内親王家および一位以下三位以上の公卿の家に置かれた職員の総称。鎌倉・室町以降は幕府に置かれた職員をいうが、ここは家老に用いている。詳しくは本書掲載。「卒土の濵つと」注24。

注78 無名指…くすり指。

日あらす又上邸に移り住ぬ、しかありしより、古の
聖賢の書をのりとするは申にや及ふ、現在の師成島
勝雄御主ハ至誠に精力を尽し、とにかくに
若君をして、英明の主に守りたてけうすへしと教へ給ひ、
述斎林公は先近臣を選ふよりはしめて、能その身をいたし、
かりそめの児遊にも、善に移し給ふやうにと、いとこまやかに
示さる、しかのミならす、折々にその室にいたり、我か浅智のたら
さる処をはをしへをうけて、文よミ手習はせ給ふことを
はしめとして、武のわさにも遊ひ給ふやうにと、うしろミ
奉りけれハ、およつけ給ふに随ひ、やう〳〵其道にすゝませ給
ふける、全く微臣かいさほしにあらす、
若君の天とこの才かしこくおはしませハ也、夜日をいとまなく
つかへ奉れは、家をは湯休の処となし、いさゝか私をかへりミる
いとまなし、はやう帯金氏に嫁せし妹のやミけるハ、
うせぬ、弟なるか四とせへて罪ゆるされ、俸賜りけるか、
めこらをむかへにとて江戸に登りしかハ、死したる人の
よミかへりたるにひとし、やかてつれてミちのくにゝく

日を置かず又上邸に移り住んだ。そういう生活になってから、いにしえの聖人賢人の書を手本としたのはいうまでもない。現在のわが師成島勝雄主は誠実に全力を傾けて、とにかく若君を英明の主に守りたて教育しようという方針で、述斎林公はまず近臣を選ぶところからはじめて、よく勤め、ちょっとした子供の遊びにも善に導くように、たいそう細やかに指導なさった。それだけでなく、時々若君のお部屋に入っては、わが足らざる箇所をお教えして、文を読み手習いをはじめとして、武術も遊ぶようにして身につけるように仕向けたので、成長なさるに従ってどんどん英明の主になってこられた。まったくもってわが功績ではない。若君の天分と才能の豊かさによるものである。夜昼となくお仕えしているので、家は風呂と寝るためだけの場所となってしまい、少しも自分を省みることがなかった。早くに帯金氏に嫁いでいた妹がみまかった。弟は四年経って罪を許され、俸禄も賜るようになり、妻子たちを迎えにと江戸に登ってきたが、死んだ人が蘇ったようである。やがて、妻子をつれて陸奥国に下っていった。

たりぬ、癸丙のとし卯月初めつかた、直一かためて大渕侯の家臣兵頭氏の女をむかへてよめとす、甲戌のとし九月、

若君の御側の用人(注79)に命せらる(注80)、勤料百五十石を賜ふ、年月つかへ奉るにしたかひ、いやましにふかき御恩をうくる事、身にあまれり、昔の俸のおもかけにたち帰り(注81)ぬ、いとまなけれは、ひとり月雪のあそびせんとも思はねと、花紅葉の折にふれ、

君に供し奉りて、野山の春秋の美景にめをよろこハしめ、宴をたまひ、思ひをなくさめし時もありけり、あくるとし乙亥の五月、

御父子の君つかろにをもむかせ給ふに、微臣父子も供し奉りてくたりぬ、曽祖父盛直の、

信寿公(注82)世子にましくける時、今のわか職にして、供してくたり給ひしとそ聞伝ふたる、弘前の新邸に旅居せし、七月八日、嫡孫栄太郎生る、かねて男子生れたらハとて、栄太郎と名つくへきむね仮名を考きし置ける、成長の

注79　御側用人…江戸時代、大名・旗本・貴族などの家で老臣の次に位し、財用を預かり、内外の雑事を司ったもの。

　江戸幕府の職名で、大奥の側にある広敷の長として広敷の役人を統括し、大奥の事務をつかさどった御広敷御用人。将軍の正妻の御用を勤めた御簾中様御用人。将軍の娘で大名に嫁した姫様の世話をした姫様御用人。女中の世話をした女中方御用人などの種類があり、いずれも若年寄支配。幕府の体制は藩においても倣われていたらしく、注24で直純の父は藩主の娘が他国の大名に嫁ぐときに付けられていた。

注80　甲戌のとし九月若君の御側の用人に命せらる…文化十一（一八一四）年、直純が若君の御側用人に命じられたことは、弘前藩津軽文書〈御日記〉文化十二年の項に、「御側用人松野茂右衛門」とその名が認められる。（国文学研究資料館所蔵津軽文書）

注81　昔の俸のおもかげにたち帰り…直純の父の代、身持ちの悪さでそ

癸丙の年（文化十・一八一三）四月はじめ、大渕侯の家臣兵頭氏の娘を直一の嫁として迎えた。

甲戌の年（文化十一）九月、若君の御側用人に任ぜられた。勤料百五十石を賜った。仕えの年月が長くなるに従い、いっそうの深い御恩を受けることは身に余ることである。昔の俸給のおもかげに近づいた。暇はないので、ひとり月雪の風流の遊びをしようとは思わないが、花紅葉の季節には折に触れ、殿のお供をして野山の春秋の美景を見ては目を喜ばせ、宴を開いていただいては鬱屈の思いを晴らしたこともあった。

明くる年乙亥の年（文化十二）の五月、御父子の君、津軽に赴かれることになった。われら数にも入らぬ親子もお供して下った。曽祖父盛直が信寿公が皇太子でいらした時、今のこの職でお供して下ったと聞き伝えている。弘前の新邸に旅衣を解いた七月八日、嫡孫栄太郎が生まれた。かねて男子が生まれたら栄太郎と名付けるようにと仮名を考え置いてきた。

れまでの三百石を半減された。今回、直純が御側用人になったことで、百五十石加算され祖父の代までの三百石になったということ。
注82 信寿公…のぶひさ公。弘前藩五代藩主。在位宝永七（一七一〇）年十二月〜享保十六（一七三一）年五月。

後実名直道とつくる、ほとへて告来しかは、直一も共に
よろこひ浅からす、あくる年の卯月より五月をかけて、此度ハ
若君のさきに、江戸に朝覲（注83）なし給ふに供し奉りぬ、例
なから旅衣たもとゆたかに、故郷に立帰り、母人妻子さ
て、孫男にハはしめてたいめせし、うれしさハ何にかつゝ
まん、其年の暮れより病る身となり、春になりてやゝ
おこたりしかと、二月初又病に臥ぬ、夏になりて、やう〳〵
又つとめに出けれと、もとよりやめる身のたゆましき重
き職なりけれは、八月初めの四日、其職を辞し奉り
けれハ、あくる五日願事のまゝにゆり給ひぬ、格禄ハもと
のまゝなるも、例少き御恵也、閑散にして日をへたてゝ、昼の
ほと、玄関の間のかミの席に上番するのミ、あくるとしの二月
半過る比、孫女うまれける、貞と名つく、卯月末つかた、頓に
又柳原の故里にかへり住ぬ、日を隔たる上直もとのことく、
心をいたましめす、身をゆきゝにうこかせしハ、夏のひる顔の
露の昼間のあつかりしいたつきも、秋きぬとすゝしき風の
吹立しより、きその麻衣（注84）朝夕にうつしきぬ、はゝき木の

注83 朝覲…諸侯または属国の主などが参朝して、君主に拝謁すること。

注84 きその麻衣…注12で述べたように木曽は信濃国の歌枕。その地方で着られる麻衣が注目されて、和歌に詠まれることがある。木曽の曽と麻の音が通じることが面白がられたか。ここの直純は単に夏の麻衣を脱ぎ捨てて、というので、古歌を知っていることを仄めかしている。木曽は関係ない。

成長の後は実名直道と作る。少し経って知らせてきたので、直一の喜びは並々ではなかった。あくる年（文化十三）の四月から五月にかけて、この度は若君が先に将軍に拝謁することになり、そのお供をすることになった。いつもながら帰郷の旅は心楽しく故郷に立ち帰り、母君、妻子、さて嫡孫に初めて対面した嬉しさは隠しようもなかった。その年の暮れから病む身となり、春になって少し回復したが、二月はじめ又病床に着いた。夏になってようやく又勤めに出るようになったが、もとより病弱の身では耐えられない重責なので、八月はじめの四日、その職の辞職を願い出たところ、翌五日に願い通り許された。格禄はもとのままであるのも、きわめて例のない御恵である。静かに日を送り何日かして、昼の間、玄関の間の上座に出仕するのみになった。翌年（文化十四）の二月半ばを過ぎる頃、孫女が生まれた。貞と名付けた。四月末、急に又柳原の故郷に帰り住んだ。日を隔てての出仕は元のままなので心労がない。往復に体を動かしているので、夏の間は重かった病も快方に向かい、涼しい風が吹いてきたので麻衣を着替えた。

陰にゐこひて、牛の子を舓ふること（注85）、むまこらを撫そたて、老の衰をそやしなひける、軒の梅の実すける方にハ、あまのうけなミ心ひかれて、和歌のうら波よるへとたのむ、成島家のことのはのむしろの末に立交るなと、いはんもおこなりや、よめかゆかりの人、昔見し若紫の友なるかなかたちして、女を安芸の国の守の臣、本多忠教かもとに嫁せしむ、婿かね日あらす格禄すゝみけるも、行末の栄行しるしにや、先の世よりのえにしなるへし、予か先祖ハ芸州より出られしよし、祖父琴臺君の墓碑にゐりつけ在しかは、今も其国に松野氏なる士ありやと、忠教に聞しに、猶二三家侍るよしにて、忠教にあつらへ、ことのよしを広島の同氏なるかもとに申つかはせし、嫡家の松野忠公かもとより、系譜のうつしを伝へ来せしを見て、はしめて遠つ祖の、古き松の根さしを仰き、枝葉の今の茂り栄ふるを見るもかしこし、久米の岩橋（注86）中絶て、天のはしたて文ミるたより（注87）もなかりしを、みよし野の頼むの雁、玉札かきかよはせる事とはなりぬ、家の紋丸（注88）の内に

注85　牛の子を舓ふること…「舐犢《しとく》之愛《のあい》」親牛が子牛をなめ愛すること。転じて深く我が子を愛するという故事。（後漢書）「舓」は「舐」と同じ字。

注86　久米の岩橋…大和国の歌枕。日本霊異記や三宝絵詞などに見える一言主神の説話に基づいた架空の橋で、未完成に終わった。架空の橋であるから何か伝説を踏まえて詠むのが通例であるが、ここは松野家の先祖との交流が絶えていた、ということを言いたいだけである。

注87　天のはしたて文ミるたより…小式部内侍（百人一首）の次の歌をふまえているか。

大江山いく野の道の遠ければ
まだふみもみず天の橋立

帚木の木陰に休んで、牛の子を舐めるように孫たちを撫で育て、わが老いの身の養生に努めた。好きな方面の神代から続く和歌のうら波を拠り所として、成島家の和歌道の末席に連なることの喜びは言うにも及ばない。嫁の知り合いで、幼なじみの友である人が媒《なかだち》をして、娘を安芸の国守の家臣、本多忠教のもとに嫁がせた。婿どのは日を置かずして格禄が進んだことも、行く末が栄える兆であるか。前世からの縁であろう。わが先祖は安芸国から出たと祖父琴台君の墓碑に彫りつけられているので、今もその国に松野氏という武士はいるだろうかと、忠教に聞いてやったところ、なお二、三の松野家があるという。そこで、忠教に依頼してことの次第を広島の松野氏に伝えてもらった。本家の松野忠公殿から系譜の写しを送られてきたのを見て、はじめて遠祖の高い梢を仰ぎ見、枝葉の子孫が今の世に栄えるのを見るのは、有り難いことである。久米の岩橋が中で途切れたように音信が途絶えていたが、み吉野の頼むの雁が運ぶ文を交わし合うようになった。

注88 松野家の紋…

①丸に剣かたばみ

②稲の丸

家紋事典を数種調べたが「稲の丸」は多数のバリエーションが存在している。直純が正しく「稲の丸」と言っているとすれば、これである（『家紋総鑑』角川書店）。但し『姓氏家紋大事典・西日本編』（柏書房）は、広島県の松野家の紋は「丸に笹竜胆（ササリンドウ）」としている。

紋
けんかたはミなるか、又の紋は稲の丸のよしつけ来りぬそ、はいつの比よりかしらす成よしを、其紋をもとひ得たり、よてさきの水火風の災にやけ失し、家の系譜を得ること、とをつをやの恵有しにやと、祠堂の神々のおまへにつけ奉り、家こゝそりて辱をよろこほひ、ことふく事つきせす、庚辰の七月三日、よめなる利女頓の病ひにて失ぬ、かたみにのこせし孫を見るにも、若きを先たてしかなしミやるかたなし、三とせへて後、媒せし人ありけれハ佐藤氏の女を、直一か後の妻とす、甲申（注89）の五月末つかた、命ありて

本藩よりわかたれし（注90）、津軽親足御主、同邦足の御主につけられて、本所の第三橋の南にうつりすミける、生れしよりこのかた、居を移せしいく度そや、墨氏かかまとくろますとハ（注91）、我身の事にこそ、吏士として居をおもふハ士とするにたらすと、孔聖のをしへなれは、まして芦ふきの小屋瓦ふける長屋めくわたりに、心をとゝむへきにあらす、調度も一日〳〵に困るにてたりなん、書画のやうのもの

注89　甲申…文政七（一八二四）年

注90　本藩よりわかたれし…黒石藩が創始されたのは文化六（一八〇九年）。津軽・伊達二郡内に四千石を知行する津軽親足《ちかたり》を、宗家弘前藩より蔵米によって六千石を分与することが許され、高一万石となって諸侯に列したことによる。これには宗家九代藩主寧親が黒石津軽の出であったことと、この前年に十万石の高直しの栄誉に浴したことの計らいによる。黒石藩としてそれまでの宗家の後見役から副藩主という立場に変化したが、弘前・黒石藩は一体化し行動をともにし、勤王に励んだ。

邦足主は寛政十二（一八〇〇）年～元治二（一八六五）年。順承《ゆきつぐ》。名は初め信寛、邦足、順徳。三河国吉田藩主松平伊豆守信明の三男。黒石藩主初代津軽親足の養子に入り、ついで弘前藩主十代信順の養子となって、宗家を継ぐ。

注91　墨子のかまどくろます…「墨突黔まず」という故事で、墨子が道を説くために忙しく奔走し、家にいることがほとんどなかったので、煙

家の紋は丸の内に剣かたばみであるが、又の紋は稲の丸であるとも知らせてきた。紋はいつの頃から使ったのか分からなくなっていたので、そのことも尋ねた。先の水火風の災難で焼失した家の系譜を、手に入れることができたことは、遠祖が黄泉から守って下さる御恵であろうと、位牌堂の神々の御前に供えて家中全員で、有り難さを喜び合い祝福し合った。庚辰（文政三・一八二〇）の七月三日、嫁の利女が急な病により、亡くなってしまった。形見に残した孫を見るにつけても、若い者を先立てる悲しみは晴らしようもない。三年経って媒《なかだち》する人があり、佐藤氏の娘を直一の妻として迎えた。

甲申（文政七・一八二四）の五月末、命があり、本藩から分かれた津軽親足御主、同邦足御主に付けられて、本所の第三橋の南に移ることになった。われは生まれてこの方、住まいを移すこと何度になることか。墨氏の竈《かまど》は黒ずまずとはまさにわが身の上ではないか。仕えの身として住居に執着するのは、武士としてあるまじきという孔子の教えなので、ましてや芦葺きの小屋瓦を葺いた長屋めく環境を気にするべきではない。調度も日々使うもので十分である。

突が煤で黒くなることもなかったということ。

好まさるにはあらねと、得かたきのたからを貴はす、たゝよの常の物を持て、山川花鳥の閑情を寓するのミ、

乙酉のとし卯月(注92)、

寧親公(注93)　若君(注94)に津軽の御家国の政をもゆつらせ給ひて、老を示しませ給ふなるへし、

信順公あすハ藩にをもむかせ給はんとての前の日、五月三日直純を御前にめしいてゝ、ミつから仰ありけるは、幼くまし〳〵ける時、年月をつミて、能其身をいたし伝たりし功により、俸米五十石をくはへ給ふと承る、かしこさに涙よゝとこほれぬ、次の間にしそきけれハ、家司笠原皆當(注95)をして、又仰をつたへられけるハ、厳然たる席にして、御詞をもつくされかたし、御幼なかりし比、まめにつかへ奉り折々、切にいさめけうせし事なとを、今更におほしめし出て、こたひの俸ハくはへさせ給ふとそ、愚直なる身のいかなるつとめをなしけれハにや、職を辞して九年の後、ミちのくの岩木山よりも高く、奥の海よりもふかき御恵を蒙りけることそや、母おやのいまそうかり

注92　乙酉のとし卯月…文政八（一八二五）年四月。この随筆の書かれた年。

注93　寧親公…やすちか公。弘前藩九代藩主。明和二（一七六五）年一月十七日―天保四（一八三三）年六月十六日。藩主在位　寛政三（一七九一）年八月二十八日―文政八（一八二五）年四月。寧親は文武に勝れ、武は弓術が日置流の師範級だった。和歌は関東冷泉門の成島和鼎の指導を受けた。藩校、稽古館、弘道館を建て学問を奨励した。藩主として荒田開発、備荒貯蓄の完備に主力を注いだ。寧親の時代、幕府から蝦夷地警備の任を受け、文化四年四月盛岡藩とともに蝦夷地の永久警護を命じられた。その任に報いる形で封地や位階はそのままの家格だけの昇進だったので、文化五年に十万石に高直しされたが、藩財政は窮迫した。直純より一歳上である。

注94　若君…弘前藩十代藩主。信順《のぶゆき》公。在位文政八（一八二五）年―天保十（一八三九）年。

書画のようなものも好まないわけではないが、手に入れるのが難しいものは尊く思わない。ただ日常の物だけ持って、山川花鳥の風流に心を寄せるのみである。乙酉（文政八・一八二五）の四月、寧親公は若君に津軽の御家国の政治をもお譲りになられた。老いをご自覚なさったのだろう。

信順公は明日藩に赴きになるという前日の五月三日、直純を御前に召し出されて、御自ら仰せられたことは、幼きときから長い年月、よくその身を尽して伝の職務を務めてくれた。その功により俸禄五十石を加算するということだった。有り難さに涙がとめどなく流れた。次の間に退出すると、家司笠原皆當を介して伝えられた仰せは、厳粛な席では言葉も尽しきれなかった。わが幼い頃、実直な仕事ぶりの合間に真剣に注意し教育してくれたと、今、つくづく思い出されて、この度のご加増になったということである。ただただ愚直な身がいったいどのような勤めをなしたというのだろうか。職を辞して九年の後に、みちのくの岩木山よりも高く、奥の海よりも深い御恵みを受けることになるとは。

注95 笠原皆當…詳しくは「卒土の濵つと」注25。この時は御用人。

けるせに、なき父の少年の過ち有とて、削られ給ひし、俸のミつか一つを補ひ、六十の老にいたり、はしめていさゝかの孝養をとけ、はた孫謀(注96)をも残せり、かくてまかきの菊の露の間に秋過て、霜降月の初め、親足御主隠居して、邦足御主に家をつかしめらる、これらの事によりて、己をは付られし成へし、祝ひ事のつとひて、しはす半にもなりぬ、よめなる孫女をうミける、静と名つけて、家の内ことふく、先のとしかよはき身の病によりて、わりなく其職をゆり給はん事をうち〳〵めしける時、

寧親公のたまひけるハ、汝わかゝりし時、

先君の今はの御きさミに、忠実なる奉公の有けるをおほして、今

若君に伝たらしむ、しひて辞する事なかれと、三十歳にたらさりし時の事をわすれ給はす、年をへてはしめて、

御詞にハ出されける、いとかしこし、さるを固辞し奉らん事、かへす〳〵恐多けれと、病める身のたゆましき職にあらんハ、功をむさほるに似たれは、義のをもむく処をもて辞し奉りけれは、ゆり終りぬ、其事は

注96　孫謀…子孫のこと。

母親がすでに亡くなった世に、亡き父が若気の至りで削られた俸禄の三分の一を回復し、六十歳の老境になってはじめて少しは孝行を遂げた。子孫も残すことができた。こうして籬の菊に置く露の間に秋が過ぎて、十一月のはじめ、黒石藩の親足御主が隠居あそばして邦足御主に御家をお継がせなさった。これらのことがあったので、われをお付けになったのだろう。祝事が続いているうちに十二月半ばになってしまった。嫁が孫女を産んだ。静と名付けて家中で祝った。

先年、病弱により無念の退職を申し出た時、寧親公がおっしゃったことは、汝が若かった頃、先君が臨終の際に、忠実な奉公であることを御思いになられて、今の若君の伝にと指名なさった。固辞することなかれと三十歳になる前のことを御忘れになっていなかった。年月が経ってはじめて御言葉に出されたことは、たいそう勿体ないことだった。それを知り固辞申し上げる事は返す返す恐れ多いのだが、病身では耐えることのできない職に止まっていると功績をむさぼることになるので、人間として正しい道を行きたいとお断り申し上げたので、御許しをいただいた。この事は君とわれだけが知っていることで、天地の外に知る人はいない。

君と我のミしりて、天地の外にしる人なし、人の
君と生れましくてハ、　御親子の君ともに、御心用ひ
いと深うましくけれ、かゝるあらまし、かいつらねんも恐
れ多けれと、たくひなき御恵のかしこさを、子孫の世々
にもしらせんとて、六十歳のとしの暮に、ミそかに思
ひを述ることしかり、

としのくれにおもひをのふるといへることを、歌
ことのかしらに置て、

とゝめあへすやかてくれゆく年の暮の
　今いくかあらはいはふはつはる
しかりとてそむかすむかふ老か世に
　おしむしはすのあり明のつき
のとかなる春まつ夜半の手すさミに
　又かきおらすね屋のうつみ火
くれゆくやとゝめかぬらんいかたしか
　そま山河をこゆるとしなみ
れいよりもかしこかりけり君か代の

君主として生まれて、御親子の君共に御心遣いがたいそう深くていらっしゃる。このようなあらましを書き連ねるのも恐れ多いことであるが、類いない御恵みの有り難さを、子孫の代にも知らせようと、六十歳の年の暮れに密かに感慨を書き連ねることにした。

としのくれにおもひをのふるといへることを、歌の言葉の頭に置いて、

とどめあへずやがて暮れゆく年の暮れの今いくかあらば祝ふ初春
（止めきれずやがて暮れていく年の暮れよ。あと何日で初春を祝うのか）

然りとて背かず向かふ老いが世に惜しむ師走の有明の月
（止めても必ず老いに向かうのだが、それでも名残惜しい師走の有明の月よ）

のどかなる春待つ夜半の手すさみにまた掻きおらす寝屋の埋み火
（春待つのどかな夜半の手慰みに、気がつけば又埋み火を掻きならしていることよ）

暮れゆくや止どめかぬらん筏士《いかだし》が杣《そま》山川を越ゆる年波
（ああ暮れていく。止どめかねて筏士が越えているのは杣山川の年波であるよ）

めくミのなミのかゝることしは
にしひかしいそくゆきゝもにきはふや
ゆたかなりけるとしの市人
おひぬとて身をはなけかし子と共に
つかへていそくとしのくれかた
もくすをも書あつめつゝ老の波
よるへまよはぬ和歌のうら人
ひとゝせのくるゝ名残も花もミち
おしミなれにし入相のかね
をろかさの住家うつして里の枝
つくはかりなるとしの暮かな
のこりある日数をはるにくり返す
世のいとなみのしつの小手巻(注97)
ふけゆくはこたひはかりとゆくとしを
守りあかさん屋とのともし火
流例《るれい》(注98)ある跡をしるへに歳世々も
ふりつむ雪のやまとことの葉

注97 しつの小手巻…「しづ」は古代の織物の一種梶の木や麻などで縦縞や格子を織り出したもの。「小手巻=をだまき」とは紡いだ麻糸を中が空洞になるように丸く巻いたもの。古代のものなので「いにしへの」を冠し、「しづ」を「賤」にとって「いやし」の序に用いることもある。また、糸を繰り出すものなので「くる」「くり」を導く序に使われる。ここは序ではないがこの用法である。

注98 流例《るれい》…古くからあるならわしやしきたり。

例よりもかしこかりけり君が代の恵みの波のかかる今年は
（いつもの年にも増して勿体ないことであった。君の恵みの波がかかる今年は）

西ひがし急ぐ行き来もにぎはふや豊かなりける年の市人
（西や東から寄って来ては散る人で賑わっている。豊かな年の市に集う人々よ）

老いぬとて身をば嘆かじ子と共に仕えていそぐ年の暮れ方
（老いてしまったと嘆くまい。子と共に仕えの職務に勤しむ年の暮れであるから）

藻屑《もくず》をも掻き集めつつ老いの波寄る辺迷はぬ和歌の浦人
（腰折れ歌を詠みながら老境に至ったが、和歌の浦の岸辺は見失うことはない。歌詠みわれは）

ひととせの暮るる名残も花紅葉惜しみ馴れにし入相の鐘
（一年が暮れていく名残も、花紅葉の移ろいを惜しむことで馴れている。ああ入相の鐘も鳴り出した）

文政八年　乙酉十二月

松野源直純

愚かさの住む家移して里の枝つくばかりなる年の暮れかな
（愚か人はいくたびも居宅を換え、今度の家の庭木は軒をつくようだ。折から鐘もつかれ出した年の暮れよ）

残りある日数を春に繰り返す世のいとなみの賤のおだまき
（残りわずかとなった日数もまた春へとつながり繰り返される。世の営みは賤のおだまきのようだ）

更けゆくは今宵ばかりと行く年を守り明かさん寝屋のともし火
（今年は今宵ばかりとなって刻々と更けていく。過ぎゆく年を灯火ともして守り明かそう）

流例《るれい》ある跡をしるべに年世々も降り積む雪のやまと言の葉
（古くから伝えられた作法を道案内に、高く降り積もった和歌の道を歩んでいこう）

文政八（一八二五）年　十二月

松野源直純

二　中野の紅葉狩り（仮題）　文化四年

中野紅葉山（撮影　畑山信一氏）

みちの国弘前の城の東、中野(注1)といへる山里の紅葉は、古き歌枕などにはもれたりしかど、立田河の錦にもおさ〳〵立をとるましくなん、言のはの友宮沢昌庸(注2)かの地に旅立ける比、中野をはよく見給へかしとわか語りけるを思ひいてゝ、この秋尋ね行けれは聞しにたかはすいとよきけしきなり、めて興して見ぬ人の為にと艳葉を袖にこき入て帰りしか、それを又短冊に摺り、雁の玉札につけ、江都まてはる〳〵と送りこしぬ、されは彼主の浅からぬ心の色をたゝに打をかんよりハ彼山水のめいほくにもと芙蓉楼(注3)の御もとに御筆をそめ給はん事をねき奉りしかは、こはめつらか成山つとかな、直純はやう行てミし処(注4)なれは、其山水のたゝすまゐの心にうかはん気色を、いはて忍はんよりも

注1　中野…ここは中野紅葉山を指す。南中山の東方にある紅葉の名所。中野川・不動の滝・中野神社などとよく調和して小嵐山の景観を呈している。江戸時代から文人墨客が訪れ、黒石領主もしばしばここを訪れ、弘前藩主も天明七年、享和二年、文政十二年に紅葉を観覧している。享和三年に弘前九代藩主寧親はここにおよそ百種楓を移植したという。

注2　宮沢昌庸…不明だが、江戸定住の津軽藩士で、直純の歌友。文化四年は弘前に居た。

注3　芙蓉楼…江戸冷泉門のまとめ役で奥坊主、成島信遍が自宅に建てた蔵書庫の名。享保十六（一七三一）年に完成し、信遍の別号の一つ芙蓉道人もここから来ている。万巻の書を収め知友を招いて詩会の席ともなった。この文化四年時は、信遍の長男和鼎が継いでいたのだろう。和鼎八十四歳。翌年死去。

注4　直純はやう行てミし処…この随筆は文化四年に江戸で書かれてい

現代語訳　中野の紅葉狩り（仮題）　文化四年

みちの国弘前の城の東にあたる中野という山里の紅葉は、古典の歌枕としては選ばれていないが、かの有名な龍田河の紅葉の錦にも決して劣ることはないと思う。歌詠みの友、宮沢昌庸がかの地に旅立つ時に、中野をよく見物したらいいですよとわれが語ったことを思い出しこの秋訪ねたところ、聞いていたことに違わずたいそう美しい所だったこと、美しい景色の所では足を止めて楽しんだことを書き連ね、まだ見たことのない人のためにと紅葉した葉を袖に扱き入れて帰り、それを短冊に擦りつけ空飛ぶ雁に託し、はるばる江戸まで送って寄こしたのだった。宮沢氏の浅からぬ雅な心模様を、そのままにして置くよりはかの山水の名木のためにもと、芙蓉楼の主の御元に伺い、御歌を一首いただこうとお願い申し上げたところ、「これは珍しい山の土産よ。直純は早くに訪ね見た所だから、そこの山水のたたずまいで心に浮かんでくる景色を、ひとり心に秘めおくよりはおおよその様子を書いてみよ」とおっしゃる御言葉をお断りする術もなく、（壺のいしぶみ）書き続けたのは身の程知らずのことだったよ。

る。「封内事実秘苑」は松野茂右衛門（直純）は文化四年の五月、六月、八月に蝦夷地警護のため、弘前藩、南部藩、出羽藩の蝦夷地派兵隊の送行の六百人余の総大将として港まで赴いている。ロシアの蝦夷地襲撃が度を超しているからである。藩主は五月十日に江戸へ向け発駕したが、すぐ七月六日には帰城した。直純は一足先に江戸に帰っていたのか。そして宮沢昌庸は紅葉狩りする余暇があったのか。直純が紅葉狩りしたのは寛政四年の初めての弘前下りの時になる。記憶力の鮮明さに驚かされる。

あらまし書しるしてよとの給ふを、いな舟の
いなみ申さむすへもなくて、壺の石ふミ（注5）かきつゝ
くるもいとおこなりや、柳直純（注6）
君に供し奉りて、初てつかろに下りしハ、
いにし寛政壬子のとしの夏也。治れる天か下
のいつくハあれと、武蔵野の広き御恵の露
しけき、小草の末か末葉の中に生立しかは、
旅衣たちそむるより、うらめつらしからぬ野山も
なく、白河関（注7）安積山、もかみ河なんと打過
日数へて、弘前につきぬ、千里の外限り
なく遠くも来にける哉と思へは、なにかにつけて
故郷を忍ふ心なきにしもあらす、されと仕ふる
道のいとまありける折々は、只山水を楽ミて
かた糸のこなたかなたに遊ひけるか、いつしか夏
たけて、秋も早長月に成ぬ、いさ中野の紅葉狩
せんと、九日の前の日（注8）とみに思ひ立に、舅なる
山鹿高義主其子高厚（注9）と共に、駒なへて曙に

注5　壺の石ふみ…平安時代後期から和歌に詠まれる陸奥国の歌枕。場所は青森県上北郡坪川流域にあったと理解されていたが、実際は仙台領の多賀城碑説が有力。ただ直純は「いしふみ」のふみ（文）を引きたいだけ。

注6　柳直純…柳は雅号か。

注7　白河関…はじめ弘前から大間越経由で行われていたが、四代藩主信政から碇ケ関経由に変更された。弘前—碇ケ関—白沢—飛根—大河—豊島—六郷—院内—新庄—六田—なしけ—戸沢—八丁目—白川—作山—宇都宮—くり橋—草加—江戸
（所要十八日）地図

注8　九日の前の日…九月九日に宮廷で、中国から伝わった菊を賞翫する行事が奈良時代から行われていた。江戸時代になってからも、藩でも行われた。そのため、その前日に出かけた。

注9　山鹿高義…既述。「年月の移り変わり」注31
山鹿高厚…高義の二男。寧親公の代、剣術指南。信順公代、御側用人。

柳直純が藩主に供奉して初めて津軽に下向したのは、過ぎし寛政四（一七九二）年の夏であった。天下太平の世の中で特に武蔵野の広い御恵みの露の豊かにかかる、小草の末のその末葉の中に生れ育った身には、旅の最初から珍しくない野山のひとつとしてなく、白河の関、安積山、最上河などを過ぎ、日数を重ねて弘前に着いた。千里の外の限りなく遠くまで来たものだなと思うと、何かにつけて故郷を恋しく思う心が湧いてくる。しかし、仕えの仕事にいとまある時は、ただ山水の風景を愛でてあちこちに遊び歩いたが、いつのまにか夏が過ぎて秋も早九月となった。さあ中野の紅葉狩りをしようと九日の前日、急に思い立ち、舅の山鹿高義主とその子の高厚と共に、馬を並べて曙に宿を出発した。

やどりをいつ、野辺を行に馬さぐりたるたまり水に、うすらひの結ひ初しも、江都にはやうかはりて驚かる、かく寒き国にしては春の花の遅きかゆへに、秋の紅葉はいと早く染て、よその国にハ、まされるとか、黒石(注10)の里をはなれ、松原を過れは、時雨し雲残りなく晴て、日影に向ふ木々の初入はいはてしるきけふの山口なり、山路深く分入て、ぬるゆといへる温泉ある里にいたる、爰より駒をはやすめて、歩よりゆく、爪木こる翁のしりへに従ひ、外山の小坂を横おれてのほれは、蛾虫の坂(注11)とそいへる名のむくつけきにもにす、いとすくれたる眺望なり、中野山向ひにそひえたる常磐木の緑ハけしき斗立交れり、楓の木幾千本となく薄く濃く今を盛りと染たり、昔たれかゝる艶の種をうへてなとや打すさまほしく、目もあやにて、山の姿河の流れをかくまても

注10　黒石…もと本藩弘前藩の分藩で、軍役の負担も本藩が担った。九代藩主寧親が黒石分家の出身だったので、寧親の幕府への働きかけもあり、寧親の功績も認められて、文化五年一万石の大名に栄進した。この随筆のかかれた翌年。

注11　蛾虫の坂…蛾虫坂《がむしざか》。温湯《ぬるゆ》の東北にあり、山形と奥山形の境界となる大坂。坂を越えると中野紅葉山が眼前に見えるので、紅葉の名所の大和国（現在の奈良県）の竜田山にちなんで、竜田坂ともいわれた。

野道を行くと、馬の足跡にたまった水に薄氷りがもう張り出しているのには、江戸とは少し違っていて驚かされる。このように寒い国では春の花が遅く、秋は紅葉がたいそう早く染まりだし、ほかの国よりは勝っているということである。黒石の里を離れ松原を過ぎるころ、時雨がちの空が残りなく晴れて、陽に向から木々の先端が紅葉し始めたことが明らかな、山の登り口である。山路を深く分け入ると、温湯《ぬるゆ》という温泉のある里に着いた。ここからは馬を休ませて、徒歩で進む。山仕事をする老人の後ろについて外山の小坂を横切って登ると、蛾虫《がむし》の坂という名の恐ろしさにも似ず、たいそう優れた眺めだった。中野山の向い側に常磐木の緑が少しばかり立交じっているが、楓の木は幾千本となく、薄き濃き、今を盛りと山中を染めている。昔いったい誰がこのような栬《もみじ》の種を植えたのかと誰かに尋ねてみたくなる。

心にまかせ殊更に作り出たらんやうに、龍田
姫(注12)のよそほひなせる事のあやしくも妙なるハや、
都近きわたり成せは、かならす上臈の此霜林に車をハ
とめつへし、山ふところに中野の里ありて豊成
秋なれは、賤の男らか稲かこはこふミちもさり
あへす、畦をめくりて谷河に臨む、底はしもふかゝ(ら)
ねと石走る瀬の清き、くま〳〵に影うつる艶の
色ことに淵をなしつゝ、木の間より落くる滝の
白糸も打はへてめとまる所多し、音に聞
戸難瀬(注13)もかゝる処にやと、筏士あらは聞まほしく
高き岸の大なる巌一つにきさみたるきさはし
を下りて、柴橋を渡る、しつけき山中に、不動尊
の堂あり、滝の浜にて手あらひ口すゝきて、
ぬかつけは、をのつから心の塵もはらひつ、
猶深く分いらんとするほと、山賤の来あひしかいふ、
奥は又深山木多し、あまりに深くな求め過給ひ
そとをしゆ、けにもとて岩ねにしりかけて、

注12　龍田姫…秋の女神。奈良県生駒郡にある竜田神社の祭神でもあるという。その周辺の山を古来竜田山と呼んでおり、竜田山の紅葉のイメージから染色や織物の上手とされた。染まる秋の景観を、あたかも山が竜田姫の染めた紅葉と霧との衣を着ているようだと詠むようになり、紅葉、秋、染む、木の葉、錦などの語とともに秋の色づいた叙景歌の中に詠まれている。

注13　戸難瀬…となせ。山城国葛野郡、嵐山の渡月橋から上流の大堰川の急流の名。歌枕。和歌に詠まれる名物は「鵜舟・筏・紅葉」で、鵜舟は古くから漕がれていたが、通行手段としての舟は、近世になって角倉了以が通すようにした。

目もあやに山の姿河の流れをこれほどまで心の赴くまま、ことさらに作り出したように龍田姫の装いをなしているのは、神秘的でもあり巧妙でもある。都が近い所だったら、必ずや、身分の高い貴婦人の車がこの霜林に牛車を止めることだろう。山ふところに中野の里はあって、豊作の秋なので稲刈る小田の道も、行き来の農夫の絶え間がない。畦を巡って谷河に臨む所に来た。川底は深くはないのだが、岩走る瀬の清らかさ、流れの隅々に映る艶の色ごとに淵となり、木の間から落ち来る滝の白糸も映えて、目の釘付けになる所が多い。名高い戸難瀬《となせ》もこのような所だろうかと、もし筏《いかだ》こぐものがいれば聞きたいものである。高い崖の大きい石を刻んで階段にした所を下りて、柴橋を渡った。静かな山中に不動尊の堂があった。滝の浜で手洗い口すすぎして額づくと、自然と心の塵も取り払われるようである。さらに深く分け入ろうとすると、山の男がすれ違いざまに言う。奥はまた深山木が多いです。あまり深くは行かないほうがよろしいです、と教えてくれた。

さゝへとうてゝ、帰るさしらすなかめゐたれは、
従者共のあくひ打したるか中に、一人かしこけに
進ミ出て、爰とても暮れなは夜の降なるへしと
いさむるにしたかひて、もとこし路に帰る、さきの
小坂にてかへりミれは、夕日に映する梢のさま
又たくひなくおかし、かたへは薄霧の立渡りたる
山のかひより、はるかに山里ミゆ、板とめとて岩
切とをせし深谷の流れにのそミて、かしこにも出湯
有とそ、此外山の林間に木葉を焚し跡あ
るは、ゆあみにとこし人の酒くミて、つれ〳〵慰
し処なるへし、あはれ秋の色のいつくはあれと、
四方のなかめのかく妙成所なれは、いかに工なる
絵師の、つやゝか成色とりも、筆かきりあれはいかてか
うつしえてんと思ふにけをされて、此折から
よめる歌のうまくもあらねは、今は皆忘れにけり、
唯
君の御恵ふかくして、あまねく尋ねミつる山

もっともなことと思い、岩に腰掛けて徳利を取り出し、帰り道も気にせず眺めていると、あくびをしている従者の中で、ひとり賢げに前に進み出て、ここももうじき夜の闇が降りてくるでしょうと意見するので、それに従い、やって来た道に戻った。行きに通った小坂で振り返ってみると、夕日に映える梢の様子がまた類いもなく美しい。片側は薄い霧がかかっている山峡で遠くに山里が見える。板留といって岩を切り通した深い谷の流れに臨んだ地で、そこにも温泉があるということだ。この外山の林間に木の葉を焚いた跡があった。これは温泉に来た人が酒を酌み交わし、退屈を慰めた所なのだろう。ああ秋の美しさはどこが一番ということは決められないが、ここは四方の眺めが美しい。絵師がどんなに巧みで色彩豊かに描こうとも、筆には限界があるのだから、この景色を写しとることはできまい。そう思うにつけてもこの折に詠んだ歌は、上手くもないので全部忘れてしまった。

水の伝のみは、幾年ふとも心の底にわすられすこそ、

文化四年丁卯十二月

松野直純

ただ、殿の御恵みが深くお許しを得て、訪ねみたすべての山河の記憶は、何年経とうとも心の底に残って忘れられないのである。

文化四（一八〇七）年十二月

松野直純

三　卒土の濵つと

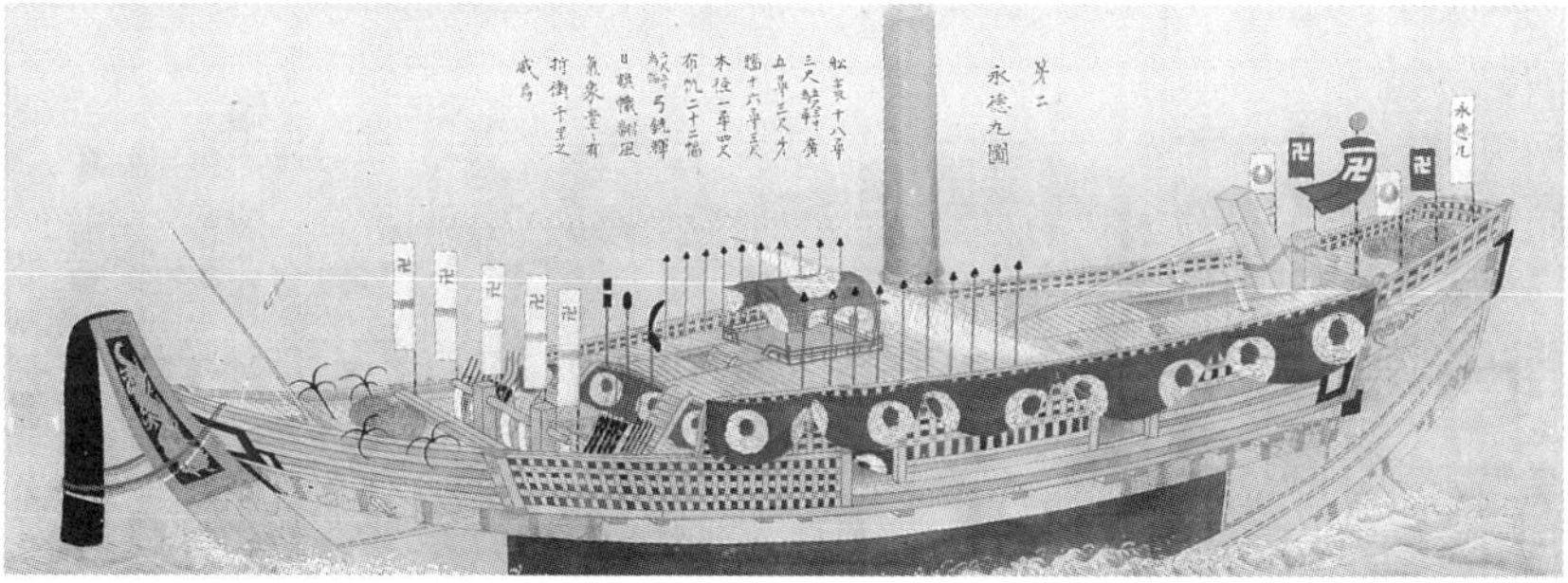

「永徳丸図」（『津軽図譜』より）
（写真提供　青森県立郷土館）

桃李園の花に座して、(注1)天地は万物の逆旅、光陰ハ百代の過客とかや、から人の文につゝり、津の国の難波の春は夢なれや(注2)なと、やまと歌にも詠り、ことしの夏蟬の羽衣はる〳〵と茂りあふ山路を分こし、みちのくの末の旅居日を経るまゝ、故郷忍ふ月に酔、秋の半も過ぬへしと、かたふく影を惜し(む)比、又奥の海辺にと旅立ことあり、旅の世に又旅ねして、草枕夢の中にも夢をミると(注3)ハ、かゝる折にや[事を][いひけん]さるハかねて外浜辺さきもりの事(注4)楯させ給ふうへにも、猶えひす国(注5)の船寄せんをいましめそ給はん[とて]なりけり。立まちねまちの比はなかあめ降つゝきしも猶雲名残なくはれて、在明の影いとあかゝりし暁更、あすとて(注6)おほし立めり、乙も供奉のしりへに従ひ(注7)侍りて、豊なる秋の恵の露に身の光さへそひて、万民の腹つゝみうつも、此時にあへるをよろこほひて、昔見し海山の夢をうしなひかうかへ侍れは、旅のうちに又旅立事も

注1　桃李園の花に座して…李白の「春夜ニ桃李園ニ宴スルノ序」の最初の句を引いている。から人は李白。松尾芭蕉「おくのほそ道」もこの句から書き出している。

注2　津の国の難波の春は夢なれや…「新古今集」六二五番西行法師の次の歌が下敷きか。

津の国の難波の春は夢なれや
蘆のかれ葉に風わたる也

若葉だった蘆はいまは枯れ葉になっていると、季節や時（難波京）の流れに感慨を覚えている歌だが、直純はみちのくに旅立ってからの時間の経過に驚いている。

注3　草枕夢の中にも夢をミる…「千載集」五三三番慈円の次の歌を下敷きにしている。

旅の世に又旅寝して草枕
夢のうちにも夢を見るかな

注4　外浜辺さきもりの事…帝政ロシアは十八世紀半ばから日本近海にロシア船を派遣した。ヨーロッパで需要が増していた毛皮を確保するため、多くのロシア人がカムチャッカをはじめとする極東の島々に来航す

現代語訳　卒土の濵つと　文化十二年

「桃李園の花に座して天地は万物の逆旅光陰は百代の過客」と李白の文には書かれ、「津の国の難波の春は夢なれや」など、時の流れの速さに驚く心は和歌にも詠まれている。今年の夏、はるばると草木の繁茂する山路を分け入り、みちのくの果てに旅寝してから大分日数が経ってしまった。故郷を偲ばせる月に心惹かれているうちに、秋の半ばも過ぎたことだと、傾く月影を惜しむ頃、さらに奥の海辺にと旅立つ用ができた。旅の中で旅を重ね夢の中で夢を見るとは、このような折をいうのだろうか。それはかねてよりわが藩が外ヶ浜周辺の防備の任務を負っており、その上えびす国が寄港するのを防ごうとの御英断からである。立待ち寝待ち月の頃は長雨が降り続いたが、ようやく雲がすっかり晴れ有明の月が輝く明け方に、明け放たれたら出立しようとご決心なさったようである。われも供奉の末尾に随って、豊かに稔った秋の恵みの上の露も、わが身にかかる殿のお恵みとして晴れがましく、万民が腹膨れるまで食べられる良い時世に出会えたことを感謝した。昔見た海山の姿もおぼろげになっていたので、旅中にさらに旅ができることを幸せに思う。

るようになり、日本に対し必要な食料や飲料水の物資を求めた。寛政四（一七九二）年には日本への通商を求めて、ラクスマンを使節として派遣し、根室に来航した。寛政五年、ラクスマンとの交渉に決裂した幕府は、警護のため南部・弘前両藩に松前への出兵を命じた。寛政十一（一七九九）年には幕府による東蝦夷地直轄地となり、蝦夷地全域の警備が各藩に下命されるようになった。文化四（一八〇七）年にエトロフ島をロシア船が襲撃した。弘前藩に警備の下命が下りた。文化年間、領内の沿岸警備も命じられ、南部藩、八戸藩とともに陣屋と砲台を築いて海防にあたった。

注5　えひす国…えびすの原義は未開で野蛮な国人。中華思想から発して、都から見て東国人、また外国人。ここは日本から見てのロシア国。

注6　あすとて…「あかつき」は夜を三つに分けた時、夜宵・夜中に続く部分で、「明ける」一歩前。「あす」は「明けすまして」の意味（「和句解」）。「御国日記」は八月二十四

うつゝかしこきさちなるはや、かくて廿四日暁
弘前の城楼に卯の鼓打比(注8)、
御二方の御駕に供し奉りて立出、此度ハことそかれて
扈従のともからもすくなく、ミな鷹狩のよそひ(注9)也。和徳のまち(注10)を
過野に出れは

明渡る門田の霧の立そひて穂波もしらむ秋の山本

堅田村にかゝれは、耕田嶽(注11)のあなたより、朝日ほの
めくを、

朝日さす光くまなき千町田の稲葉にあまる
秋のしら露　つかろ野といへる所にて、

豊なるつかろの野辺の秋風に靡く稲葉の
雲そ色こき　野菊女郎花なと咲究て、秋萩
のゆかりの色の藤崎河をわたる、酒つくる某か家に
とはかり休らはせ給ふほと、御前にめしいつ、けふの
日和よくて出立せ給ふことふき申てしそく、村里あまた
過浪岡といへる里にして、わりこひらく、

行人をまねく尾花か波岡の木末吹こす秋風

日暁八半御二方様海辺通御固場所御見聞のため御出…とある。帰城は九月四日で直純の記録と合致している。

注7　己も供奉のしりへに従ひ…直純はこの前年、文化十一年に若君付御用人に任じられている。しりへに供奉は表現のあや。

注8　卯の鼓打比…一日を十二に分け、十二支を当てて時刻を表した。卯の刻は午前六時を中心とする二時間を指し、六時を明け六つと呼び、ここで鐘を突くなり太鼓を叩いて時を知らせた。弘前藩では当初三の丸で時の太鼓を打っていたが、四代信政の時から城外森町に時鐘を設置して報じた。なお、弘前市の長勝寺には北条貞時造営の梵鐘があった。
　時間は夏と冬でずれる不定時報。

注9　鷹狩のよそひ…もとは貴族が狩猟の時着用したものが常服となり、室町以降は武士の礼装ともなった。丸えり・そでくくり、下は指貫をはく、略装。

注10　和徳のまち…城下から北東に向かう基点にあり、南部一の本道とされた。青森。外が浜方面、さらに

こうして二十四日の暁に弘前の城楼に卯の刻（午前六時）を告げる鐘がつかれる頃、大君と若君の御二方のお駕籠のお供として出立した。この度は簡略に扈従《こしょう》の数も少なく、皆鷹狩りの装束である。和徳の町を過ぎると野に出た。

明け渡る門田の霧の立ちそひて穂波もしらむ秋の山本

（しらじらと明けてゆく門田には霧がおおっているが、稲穂もぼんやりと見えてきた秋の朝の山のふもとよ）

堅田村に入ると耕田嶽の向こう側がかすかに明るんで、朝日が昇ってきた。

朝日さす光くまなき千町田の稲葉にあまる秋のしら露

（朝日がさし込んでくると千町田は一面光り輝いて、稲葉の上には白露がこぼれんばかりだよ）

津軽野という所で、

豊かなる津かろの野辺の秋風に靡く稲葉の雲ぞ色こき

（豊かに稔る津軽野には秋風が吹いて、稲葉の上の雲も黄金色に染まっている）

野菊、女郎花などの花盛りで、秋萩と似た色の名をもつ藤崎河を渡った。酒を造っている某の家に少しお休みになった時、われらを御前に召し出された。われは、本日は日和良く無事出立できた喜びを申し上げて、御前を退いた。多くの村里を過ぎ浪岡という村で、ご昼食をとられた。

南部地方へ向かう街道だった。また、堀越口と和徳口の十字路は羽州街道と秋田へ向かう分岐点としての役割を果たした。

注11　耕田嶽…八甲田山のこと。北八甲田と南八甲田の連山から成っている。北八甲田は一五八五メートルの大岳を主峰に十峰、南八甲田は一五一六メートルの櫛ヶ峰をはじめ八峰が連なっている。

の声　五本松といへる村を過れは、千種の花咲残
りて、なみ立る松か根のおとろか下に、虫のねほそふ
聞ふるあはれふかし、
　真葛原何にうらみの残るらん秋風寒き野辺の
虫の音(注12)　かれいつより山路にのほる、初紅葉を
　分入も秋ふかゝらぬ山路には一木ふた木の露の
初しほ　やゝのほりゆけは、高陣場(注13)といへる小高き
所にふかみ草の紋付(注14)たるまんをはりて、休所を
かまへたる、御例にて作定(注15)すれは、行末の青森
のみなとより、上磯の方は、蟹田平舘のやはた崎
下つ磯の方は、野ない麻蒸夏泊二子島、海磯に
南部なるおそれ山、さてはやけ山なと浦々の見る
め尽せす、とへとこたへのいとまあらす、
　沖津船仄かにむかふ青杜の松のはこしに
秋風そふく　此さきにかきりなくうちはれたる
時は箱館のあなた内浦嶽とかやいへるも、のそまれつるは
さたかならす

注12　真葛原の歌…「葛原」は固有名詞ではなく、一面に葛の生えた野を指す。後に京洛北の地を擬定した歌も出てきた。ここはふつうの葛原。葛の葉の裏が白く印象的なので、「裏見」に「恨み」を掛けた修辞が使われる。「新古今集」四四〇番俊慶法師の次の歌などを意識しているか。

　あらしふく真葛原になく鹿はうらみてのみやつまを恋ふらん

注13　高陣場…南津軽郡浪岡町にあった地名。

注14　ふかみ草の紋…ふかみ草は牡丹のこと。

注15　作定…策定で、作戦を考えること。

行く人を招く尾花が波岡の木末吹きこす秋風の声
（過ぎる人を手招きする薄の波の上に、梢から吹き下ろす秋風の声よ）
五本松という村を通る時さまざまな花がまだ咲き残っており、ずうっと続く松並木の下の藪から虫の音がかすかに聞こえて、秋のあわれが身に沁みる。
真葛原何にうらみの残るらん秋風寒き野辺の虫の音
（真葛原よ。何に恨みを残しているのだろうか。秋風寒い野辺では悲しげな虫の声がしているよ）
涸津《かれいず》から山路になった。初紅葉を詠む。
分け入るも秋深からぬ山路には一木二木の露の初しほ
（山路を分け入ってもまだ秋は深くはないので、一本二本紅葉した木があるだけである）
少し登った高陣場という小高い場所に、深見草（牡丹）の紋を付けた幔幕を張りお休み所を構えていた。ご恒例の作戦会議をする。行先の青森の湊から上磯の方は蟹田、平舘の八幡崎、下の磯は野内、浅虫、夏泊、二子島、海磯に南部の恐山、さらには焼山など浦々の良い眺めは尽きない。あれはどこかと問うては答えのいとまない。

陣場晴景向青森　蜃気欲浮海日沈
黄紅看浅松間樹　帰路猶知秋色深

山路の小松原平かにして、あゆみよく大豆坂を下らんとす、行末遠く田面広う見おろさる、薄暮荒河村に休らひ給ふ、わらひもちゐのおゐしを賜はる、味のことに覚えしは、もの〻ほしかりしにや、首陽山に住給ひけん兄弟、(注16)かしこかりし故事ふと思ひ出るも、身の愚かなるをいか〻はせん、や〻をくら成に行先いそかれて、

海人の住里とひゆけハ旅衣うら路さひしき秋の夕暮　野路とをくか〻火たきつらね、湊にいたれは家々の軒に灯籠か〻けならへ御先おふ声ゆ〻しく商人もあまの子もうらうへに並ゐつ〻、御光をかしこしと仰き奉る、初夜の比、御仮館につかせ給ふ、何くれとしてをのか宿りにまかんつれは十年あまり八とせ過にし

注16　首陽山の兄弟…今の山西省永済県の南にある山。伯夷・叔斉の兄弟が義を貫いて餓死したとされる山。自分は腹がすいてわらび餅をおいしいと感じていることをおろかだといっている。

沖つ船仄かに向かふ青森の松の葉こしに秋風そ吹く
(沖の船が青森に向かっているのがうっすらと見える。浜辺では松の葉ごしに秋
風が吹きおろしてくる)

この崎からよく晴れた日には、箱館の向こうの内浦嶽が見えるというが、はっきり
しない。

陣場は晴れて眺めよく、青森の方角にある。
蜃気楼が浮かびそうな海に、日が沈んでいく。
まだ紅葉には早い樹々が松林の間にちらほら。
帰路にはきっと秋の気配が深まっているだろう。

山路の小松原は平坦で歩きやすく、楽に大豆坂《まめざか》を下る。行き先のはるか遠くに田面
が広がっているのが見下ろされた。夕暮れ、荒河村でご休憩をとられた。蕨餅を
我々にも下さった。味が特別に感じられたのは、小腹が空いていたからだろうか。
首陽山に住む賢い兄弟が義を立てて餓死した故事を思い出し、我が身の愚かさを恥
じた。

少し暗くなってきたので行き先が急がれた。

海人の住む里とひゆけは旅衣うら路さひしき秋の夕暮れ
(海士の里を訪ねいけば浜辺はさびしい秋の夕暮れであるよ)

秋の此比わか又三十年あまりにて、しはしか程仮ねせしやとりなれは、あるしもうけねもころ成に、こゝろおちゐぬ、ふる家は去年の春もしほ火（注17）のけふりと成しかと、ことし有しにまさりて造れるハすきはひのむかしより来しさまされるにや、もてなしの事なとハかたき定あれはうけす、柳この浦に供し奉る事三度（注18）なりけるもかしこくて、

　奥の海ふかき恵の波こゝにこし馴て見る秋の夜の月

あくる日も日和よくて、あたり近き妙見宮（注19）に詣させらるゝに供奉す、過にし比ハ、林の内にかたはかり残れるを、山鹿高義等に仰せられて、こと更にすりせしめ、本社の額ハ御筆を染させ給ふ、拝殿神東殿石の鳥居、同じ灯籠同じ手洗ふ甕、同し階までも清らをみかきて、霊場と成ぬ、是も廃れたるをおこさせられし一事とか、夕つけて浜町の海楼に入らせ給ふ、人々と共にみきたうひけるか、日も

注17　去年の春もしほ火…津軽地方は毎年のように大火にみまわれているが、この旅の前年文化十一年は、二月二十日舞戸村に四十三軒を焼失する大火があったが、ここは四月二十九～五月一日にかけての青森大火を指すのではないか。米町、大町、浜町、蜆貝町、大工町、鍛治町の五百余戸を焼く大火があった。直純の宿は米町なので、四、五月は夏なのだがこれをあてた。「もしほ火」は藻塩火で塩を焼く火のことだが、塩焼く火から起きた火事かどうかは不明。当時の記録に強い浜風にあおられて火が広まったとある。

注18　三度…①寛政四（一七九二）年　二十七歳　②文化四（一八〇七）年　四十二歳（当書所収「中野の紅葉狩り」）　③文化十二（一八一五）年　五十歳　当該作品の旅

注19　妙見宮…青森市で最も古い縁起をもつ神社。延暦十一（七九二）年蝦夷鎮護の祈願所として創建。坂上田村麻呂が東蝦夷征討の際に再興して、妙見宮と称し天之御中主神を祀る。津軽藩の成立で外ヶ浜の古社

遠くまでかがり火を連ねて野路を行き、湊に着くと、家々の軒にはどこも灯籠を掛けて、御先を負う声がいかめしく響き、商人も漁師も道の左右に並び、ご栄光を仰ぎみている。午後八時頃、御仮屋にお着きになった。なにかと処理して自分の宿に帰ると、十八年も昔の秋の今頃われは三十歳ほどで、しばらく滞在した宿だった。接待は丁寧で満足のいくものである。昔の建物は去年の春の大火によって焼けてしまったが、今年、昔に勝る立派な建物に建て変わった。接待のことは厳重な規則があるので受けない。われがこの浦に供奉申しあげるのは恐れ多くも三度目になる。

奥の海深き恵みの波ここに来し馴れてみる秋の夜の月

（奥の海の深い恵みの波は足下に寄せてきて、あふれる感謝で見上げる秋の月よ）

翌日も天気が良いので近くの妙見宮にお参りなさる、そのお供に加わった。昔は林の中に少しばかり跡が残っていたのを、山鹿高義たちにお命じになり、以前にまして豪華に修理させ、本社の額は殿自らお書きになられた。拝殿神、東殿、石の鳥居、同じ灯籠、同じ手洗い甕、同じ橋までも神々しく造らせて、今では霊場となった。これも廃れていたのを再興させた一例である。夕暮れに浜町の海楼にお入りになった。家臣たちとともにお酒を召しているうちに、日もはや暮れてきた。

として津軽為信が再建、四代信政は社殿の再建ならびに庭園を築き、境内を整備した。

はやくれなんとす
　そことなきあはれも四方にみつ塩の浦半へたつる
秋の夕霧　　御仮屋に帰らせ給ひし後、宿りに
まかんつ、夜更て外を見出したれハ、月くまなし、
　えそしらぬ千嶌をかけて在明の月に折しく外の
はま荻　　偶作

　侍宴欣然捧寿觴　　鮫人（注20）更献夜珠光
　清秋三賞外浜月　　不覚謫居思故郷

けふも又日和よけれは、御まへの浜に永徳丸（注21）と名
つけし楼船をうかへ給ふ、こハさいつ比、かの高義等
うけ給ハり、難波のミつの浜にして、楠の良材
を研られ、千々のこかねにかへて作られしとそ、されは
船中のけかういふもさらにて黄金もてたくミ
たる前羅戸、同し砂子まきたる壁障子、紫の
りうもんに、白く杏茶牡丹（注22）の紋そめたしたる内幕

注20　鮫人…中国で、水中に棲み魚に似た想像上の人。しばしば泣き、その涙は落ちて珠玉になるという。
注21　永徳丸…藩の御座船。
注22　杏茶牡丹…杏色は明るい橙色。茶色は江戸時代以前には檜皮色や落栗色、胡桃染めなどと呼ばれていた。当時は紫色や紅色が最高の色とされており、茶色は残り物の地味な色だった。しかし、江戸時代になると茶色という名で呼ばれ全盛期を迎える。茶は江戸の華やかさを表すキーワードだった。弘前藩の紋のひとつが深見草―牡丹であるが、流行を先取りして茶（明るい茶）で表したのかは分からない。いずれにしても、ここは白抜きとあるが、正式には杏茶色の牡丹の紋章なのだろう。

そことなきあはれも四方にみつ潮の浦半へだつる秋の夕霧
（どことなくしみじみとした情趣が漂っている。霧が隔てている秋の浦半よ）
御仮屋にお送りしてからわが宿にもどった。夜更けに外を眺めると煌煌《こうこう》と月が輝いている。
えそしらぬ千島をかけて有り明けの月に折りしく外の浜荻
（海の向こうの千島とこちらに掛けて月が輝いている。取り合わせもよく浜荻も咲いている）

偶作

宴に侍り喜びをもって長寿の杯をかかげれば
さらに鮫人も夜光の珠を捧げる
この清冽な秋の外が浜の月を眺めるのは三度
流謫《るたく》の身ではないのだが、故郷が思われてならない。

今日も又天気が良いので、御前の浜に永徳丸と名付けた楼船を浮かべさせた。これは先頃、高義たちがお引き受けになって、難波の国の三津の浜において楠の良材を得て、多くの黄金を費やして造らせたものである。そういうわけで船内の造作はいうに及ばず、金を張った前羅戸、同じ砂金をちりばめた壁、障子、紫の竜紋に白く

同じ色なる総角を結ひさけ、五色のとんすに
牡丹から草織出したるのふれん幕、四方にはり、
外まくハあかね色の龍もんに、白くふかみ草の
紋染出せるをうちめくらし、矢倉の上の高欄
には紺地に白き紋のまくにて、照日をさへきり
舳には紅白紫の縮緬の綱をかけ、白き結こうの
旗に、悉くまん字(注23)付たる五なかれ、金の錫杖
の印二本、同しき唐草扇のしるし一本左右の
欄干には黒き雉毛の鎗廿筋、弓、鉄炮は
旗のもとに懸ならへ、艫には熊毛の鎗てん
の皮のさやの鎗、あかね地くまん字付たる吹流し、
同しく四重の幟なとかさゝく舞、くはしくは
しるすにいとまあらす、浦風にひるかへし小船
十余そうに、綱手ひかせてこきいつ、国の老臣
津軽親守(注24)をはしめさては笠原皆當(注25)松野直純
等もめされて宴をたまふ、
先にも軍船のそなへ有りしか、年経ぬるまゝ長等の橋(注26)と

注23 まん字…卍。津軽藩の旗印。

注24 津軽親守…安永七（一七七八）年に二十三歳で用人に就任し、天明五（一七八五）年に家老に昇進した。三十歳。以来、天保五（一八三四）年に八十歳で没するまで在職し、家老勤続最長記録をたてた。八代信明が急逝したとき、黒石津軽家から寧親を迎えるため命がけで奔走し、寧親の深い信頼を受け、千二百石を給された。この旅の時も家老。

注25 笠原皆當…文化元（一八〇四）年四月三百石を家督し、文化四年に松前御用掛を命じられ、松前に渡って勤務した。文化七年に江戸詰に転じ、聞き役（渉外係）となる。以後、辣腕を発揮して実績を上げ、八年には百石加増されて用人となった。この旅の時は用人。文政六（一八二三）年に三百石増やされて手廻組頭兼家老に栄転した。栄転を遂げると君寵におごり、華美で贅沢な暮らしをし家中の羨望、憎しみを買うようになり、遂には失脚した。

注26 長等の橋…長柄の橋、摂津国

杏茶牡丹を染めた内幕、同じ色の総角を結び下げ、五色の緞子《どんす》に牡丹唐草織り出した暖簾《のれん》幕を四方に張り、外幕は茜色の竜紋に白く深見草の紋を染めだしたものを回し、櫓の上の高欄には紺地に白い紋の幕を掛けて、日差しを遮っている。舳には紅白紫の縮緬《ちりめん》の紐を掛け、白い桔梗の旗にはすべて万字を書いた五流れ、金の錫杖の印二本、同じ唐草扇の印一本、左右の欄干には黒い毛の槍は二十本、弓、鉄砲は旗のもとに懸け並べ、艫には熊毛の槍、てんの皮の鞘の槍、茜地に万字を書いた吹流し、同じく四重の幟など、太陽の暈《かさ》のようにひらめいており、詳しく記すのは骨が折れる。浦風にひっくり返りそうな小舟十余艘に綱手引かせて漕ぎだした。国の老臣津軽親守をはじめ、笠原皆當、松野直純なども宴席に招かれた。

の歌枕。現在の大阪市北区長柄から東淀川区柴島のあたりにあったという。

弘仁三（八一二）年に造られた橋が仁寿三（八五三）年時点ですでに朽ちて通行できなくなっていた。以後「朽ち（尽くる）」橋として詠まれるようになった。

くちにしを、今の
御世あらたに又造りそなへ給ふハ、波風の作る世にも
めるゝをわすれ給はす、事あらはめされんれうとそ
聞えし、栄通丸長運丸長徳丸・吉祥丸なといふ
船とも、それに従へる小舟ハ数しらすうかへり、

明珠将拾外浜道　万頃蒼波秋色鮮
累世君恩深於海　鼓声欸乃響楼船

玉ふりの舟歌といへるハ、黄帝の臣貨狄（注27）といふ者
はしめて船を作り、それに乗て水をわたり、
敵をほろほせしといふ故事をやまと言葉に
のへて、舟子ともの折から
君をいはひ句に聞ゆるもおかし、
　吹となき沖つ塩風身にしミて波静なる
秋の浦舟　なといはむは中々あまのもくす
なるへし、夕波の帰るさ海楼に供奉し、けふ

注27　黄帝の臣貨狄…中国古代の皇帝。黄帝はすべての物を最初に作った皇帝と伝えられる。直純が何から得た知識なのかは出典を探し得なかったが、間接的になら観阿弥原作・世阿弥改作の能楽「自然居士《じねんこじ》」にそっくりの詞章がある。
　たくみて船を作れり、黄帝これに召されて、烏江を漕ぎ渡りて、蚩尤（逆臣の名）を易く滅ぼし…

先の世にも軍船の備えをしていたのだが、年経て長等《ながら》の橋と朽ちていたのを、今の御世に新しく造り備えようとするのは、波風によって傷んでいくことをお忘れにならず、事があって召された時はすぐに役立つようにとの、ご準備のためである。栄通丸長運丸、長徳丸、吉祥丸などという船々、それらに従う小舟は数しれず浮かんでいる。

外が浜辺に美しい珠を拾っていると

青く広やかな海は秋の気配が濃厚である。

世々を経てわが主の御恩は海よりも深い。

皆ひとの喜びの声が船中に響き渡っている。

魂振りの舟歌というのは、黄帝の臣貨狄が初めて船を造り、それに乗って水の上を渡り敵を滅ぼしたという故事を、わが国の言葉に変えたもので、舟人たちも折からの君主をことほぐ祝う句と聞こえるのもおもしろい。

吹くとなき沖津潮風身に沁みて波静かなる秋の浦舟

（かすかな海風が身に沁みてきたが、波は静かな秋の浦の舟の上よ）

など胸に浮かんだが、口に出すには藻屑のような出来と胸にしまった。夕暮れて海楼にお戻りになるのにお供をし、今日の有り難さを申し上げて宿に帰った。

のかしこさを申て、やとりにしそきぬ。
其あくる日も又日和よし、出湯ある麻蒸(注28)の浦に供奉す、つゝみといふ板橋をわたる、荒河の末なれと、海近けれはなこやかに流る、洲島に蜑の網ほしたるか、えにかけるさまして、何気なきものゝ、めにとまる、作り道原へつなといふ所をすく、磯馴松の枝さまおかしう緑の色深う湊田の稲葉に白露のミたれ結ひ、穂波立ともみえす、海面遠くなきわたりたる、秋の朝ほらけ、心あらん人に見せまほし、野ないといふ関をすく、蘆垣のあなたなる磯山に、貴船明神の社(注29)あり、御供なれは坂の下にぬかつきてゆく、其山の後ろなる浜辺にあやしく龍のかしらに似たる巌のいと大なるかさしいつ、此さき見し所なれハ、初てつれこし山鹿高正(注30)赤松貞敬(注31)さてハすさらをもやりて見す、こゝより磯山路をのほり下れは、

注28　麻蒸…浅虫。田畑は多くないが、製塩が行われ豊富な湯量に恵まれ、藩主の休息所が設置された。明暦二（一六五六）年、江戸幕府から黒石津軽家の分立が許されたことで、夏泊半島の中心が黒石津軽領となり、本藩弘前津軽領とは一線を画す地域となった。境界には野内関所が設置され、弘前藩の領民が浅虫に出かける際は過所手形が必要だった。弘前藩主が湯治に訪れる際には青森からお召船で浅虫を往復した。

注29　貴船明神の社…坂上田村麻呂の創立という。義経伝説がある。京都鞍馬の貴船神社を勧請した。弘前藩主四代信政は郡内四社の一つとし、雨乞い、止雨の神として崇拝した。

注30　山鹿高正…山鹿高義の長男高備（千助）の次男。新谷庄太郎の養子となり、新谷貞次郎を名告る。「中野の紅葉狩り」の山鹿高厚（注9）は叔父にあたる。

注31　赤松貞敬…寛政十一（一七九九）～明治三（一八七〇）年。江戸詰め。この旅が最初の弘前下り。十

その翌日もまた天気が良く、温泉のある浅虫の浦にお供をする。つつみという板橋を渡る。荒河の下流だが海が近いので流れが穏やかである。島々で海士が網を干している様子は、絵に描いたようで、何気ないようだが目に留まる。造道《つくりみち》、原別などという所を通り過ぎる。磯馴松の枝ぶりが見事で、緑の色濃く、湊田の稲葉には白露が乱れ置いて、穂波が立ちあがる気配もない。海面は遠くまで凪いでいる。秋の朝ぼらけのあわれを解する人に見せたいものである。野内という関所を過ぎる。芦垣の向こう側の磯山に、貴船明神の社がある。今日は殿のお供なので坂の下から拝礼して過ぎる。その山の後ろの浜辺に、不思議な龍の頭に似た、たいそう大きな岩が突き出ていた。この先は以前見た所なので、初めて連れて来た山鹿高正、赤松貞敬、はては従者たちをも見せにやる。

七歳。文武に秀で、兵学、剣術を津軽順承に指南し、侍読も勤めた。藩校稽古館小司となる。異国船渡来に備え奥蝦夷地まで検分した。安政四年、藩主の世子承昭に兵学を講じた。

そかひの浜辺に、塩釜の跡あり、今ハ小泊なといへる浦に、塩木こりつむ便よき処をえて、煙たえすやくとそ、行々遠近の見るめをかへて、岩木山あとにはるけし、久ゝり坂といへるに小地あり、螺のことき磯山なれと、近寄ミれは舟岩なといふ大なる巌あまたたゝみ重ねて立ならひたる、都に名たゝる図は作るとも爰のをのつからなる岩のたゝすまゐには岸打波のかけても及ひかたし、有土宇末井桟《うとうまゐのかけはし》（注32）此さき（東鑑（注33）に此橋の名みゆ）かち人のミ岩かとをつたひ、かろうして行かひ、旅籠の馬なとハうへなる山路をこえしか、近き年此浦に住けるすきやう者、仏のくとくにもとて愚公か山をうつせし（注34）かこと一人してさかしき岩角をうちくたき、勝壁のとたへには、真木の板四五まいを渡して、あやうけもなし、しかありしようこのかた、登りくるしき山路は、さなから苔に埋れたり、けふしも海面なきわたれは、あら磯岩の波もくたけす、

風ふかハ岩こす波のかけはしをもすそもぬれす

注32　有土宇末井桟…「東鑑にその名あり」と書いているが、吾妻鑑第十に奥州藤原氏の遺臣大河兼任の蜂起の鎮圧に向かった鎌倉側が兼任を追跡して「外浜と糠部の間に多宇末井の懸橋があり、兼任が立て籠もっている」とある。今、青森市浅虫と久栗坂間の海上にそびえ立つ嶮岨な岩壁にかけた桟をいう。昔は幅七、八寸の板を渡し岩壁をつたって通った。ウトウはもとアイヌ語で出崎をいう語なのだが、ウミスズメ科の鳥をうとうと呼ぶようになり、多くの伝説を生み都に知らされ、神秘性を付与して和歌や謡曲や文学に取り上げられて、さらに伝説が増幅した。

注33　東鑑…鎌倉後期成立の史書。鎌倉幕府の事跡を変体漢文で日記体に編述。源頼政の挙兵から前将軍宗尊親王の帰京に至る八十七年間の重要資料。

注34　愚公が山をうつせし…怠らず努力すれば成就するとのたとえ。昔、愚公なるものが山を他に移そうと、永年努力したという故事（列子）。

ここからは磯山道を上り、やがて下ると後方の浜辺に塩竈の跡があった。今は小泊などの浜に塩木を運ぶのに便利な場所を得て、盛んに塩を焼いているということである。進んで行くと角度を変えながら岩木山が後方になっていく。久栗坂という狭い場所があった。巻貝のような形の磯山なのだが、近寄ってみると舟岩などという大きな岩が、たたみ重なって立ち並んでいる。都の有名な絵にもある構図ではあるが、それらの絵もここの自然の岩のたたずまいにけっして及ぶものではない。うとうまいの梯（吾妻鏡にこの名が見える）はこの先、徒歩で行く人だけが岩角を伝いようやく通れるもので、宿屋の馬などは上の山道を越えていたのだが、最近、浦に住む修行者が仏の功徳になるかと、愚公が山を移したように、一人で険しい岩角を砕き、道が途絶えた所には真木の板四、五枚を渡して歩くに何の支障もなくなった。そのことがあってから今日では、ひどく苦しい山道は使われることが少なくなって、苔むしてしまった。今日は海面が凪いでいるので、荒磯岩の波も砕けることはない。

わたるかち人　午の貝吹比（注35）、麻蒸の浦にいたる、後の山のふもとをかけて、田面のあるを海辺に柴垣ゆひつゝけたるハ、塩霧をへだつとか、出湯のけふり立をミて、

　松かけの出湯のけふり立つゝく磯山里は住よかるらめ

苫屋かたの内に、とハかり休らひ給ふ、よへ青杜の湊（注36）よりかの永徳丸漕寄て待奉れハ、駒をは渚に乗すてゝ、御船にうつり給ふ、纜をとき漕出んとするほと、小舟にめしてあみひくを御覧す、浦遠くあまのよひ声、かすかに聞え、大船は前なる浮島をさして、引舟十重八艘舟子百人あまり、ゑい声を出し、ろかいをおすに、やかて小舟漕もとく乗うつらせ給ひしかは、よその浦々よりもいろくつ多く桶に筺にもりて捧け奉る、江都にてはめなれぬも交れり、中にも紅鬣魚（注37）の大なるかひれふるさま人々めを驚かせり、島根をこきめくらせは、沖の方ハいつしかあらき波風にうちあらはされ、亀甲なる方なる、又はくれをつみ、杣木を削り立たるかことき、巖のはさまに、浜菊の花いと白妙に

注35　午の貝吹比…昼十二時の時刻を知らせるためにつく鐘。

注36　青杜の湊…近世の青森町は江戸廻米の積出し港として開かれ、太平洋航路と日本海航路、松前・蝦夷地への航路が集結する海運の拠点だった。陸上交通においても、奥州街道と松前街道、羽州街道の交差する要衝だった。近世後期、北方情勢の悪化や蝦夷地の幕府直轄地化に伴い、奥州街道を行き来する幕府や諸藩の役人の往来も増え、交通量も増大した。青森は蝦夷地に通じる交通の拠点として、より重要性が高まっていた。

注37　紅鬣魚…マダイのこと。

風ふけば岩こす波のかけはしを裳裾《もすそ》も濡れず渡るかち人

（風が吹くと岩を越してくる大波も、今日は凪いでいて裾も濡らさず渡れるよ）

正午の鐘の音が響くころ、浅虫の浦に着いた。後ろの山の麓まで田面が続いており、海辺に柴垣が結い巡らされているのは、塩霧をさえぎるためであるとか。温泉の煙りが見えた。

松陰の出湯の煙り立ちつづく磯山里は住みよかるらめ

（松の陰から出湯の煙りが立ち昇っている。この磯山の里は海士人たちにとってどんなにか住みよいのだろう）

苫葺きの小屋で少しお休みになった。昨夜、青森の湊からあの永徳丸が漕いで来て待っていたので、馬を渚に乗り捨ててお船に移られた。ともづなを解き漕ぎ出そうとする時、小舟に移られて網を引く様子をご覧になる。遠くの浦から海士の呼び声が微かに聞こえてくる。大船は前方の浮島を目指して、引舟十八艘、船子百人あまりが、えいとかけ声を掛け艫櫂《ろかい》を押すと、小舟も漕ぎ出し殿は大船に乗り移られた。この浦はほかより魚の種類が多く桶や筐に盛って、殿に捧げ奉った。都では見慣れない魚が交じっている。中でもマダイの大きいのが鰭《ひれ》を振る様子を、人々は驚きの目で見ている。岩々の間を漕ぎ回っているうち、いつの間にか沖の方には荒い波風が立ってきた。亀甲の形、または土くれを積み上げたような形、杣木を削った

咲ほこりたるハ、あまの子か摺りの袖もえならぬ匂ひの袖に
成へし、大船を大なる岩角につなき、釣竿をおろし、小魚
十はかり釣せ給ひしに、みとりの波いさゝか立くれは、釣竿をは収め
くた物まいり人々みきたうひけるうち、追手よゝと吹出、
いさ帆をあけよと奉行仰を伝へて舟子共立さはく、
くはめつらしき見物哉とて、矢倉に登れは二十二反の帆
（木綿三反をさしあはせて一反とす）白地に紺にて万字付たり、雲烟の
起るかことく、天つ日影をへたてつゝ、またゝくまに花
檣（注38）高う引揚たる、しやち（注39）もて捲たくみなと、いつのむかし
誰かうかへ出けんかし、大海原ならねは、羅針なと取
出るにも及はて、浦伝ひゆくまゝ、見るめのうつりかハり跡
なるかもめ島はさゝやかにて、人住ねは名もしるきか群居て
あそふ、白波に木葉の浮ふかとみゆハ、やすもて
あはひつく小舟なるへし、

　いさり舟浮かふ波間の鴎島しつけき友となるゝ

あま人　　夏泊の埼なる二子島を

　玉くしけ二子の島の波まより直帆引つれて帰る

注38　花檣…檣楼《しょうろう》に同じ。艦船のマストの上部にある物見の台。

注39　しやち…和船で車立の車の両端に棒をさし、綱を巻く道具にしたもの。

ような形の岩々の間に、浜菊の花がたいそう白く咲き誇っている。海士の子の摺り衣の袖も良い香りがするだろう。大船を大きな岩角につないで釣竿を下ろし、小魚十匹ばかりお釣りになったが、波が少し高くなってきたので、釣竿を収めて果物を召し上がられ、家臣たちには酒を振る舞われた。そうしているうちに追い風が吹き出し、さあ、帆を上げよ、と奉行が殿の仰せを伝えたので、舟子たちは騒ぎだした。これは珍しい見物よと、櫓《やぐら》に登ると二十二反の帆（木綿三反を合わせて一反とする）は白地に紺で万字を付けている。雲烟がわき起こったように日の光を遮り、またたく間に花檣《かしょう》を高く引き上げた。しゃちで巻きあげる技など、いつ誰が考え出したのだろうか。大海原ではないので磁石など取り出すまでもなく、浜伝いに行くにしたがい、景色が移り変わり後方の鴎島も小さくなっていく。人が住んでいないので島の名の鴎が群れ遊んでいる。白波に浮かぶのは木の葉かと見れば、やすで鮑《あわび》を突いている小舟のようだ。

　いさり舟浮かぶ波間の鴎島しづけき友となるるあま人

（海士舟が浮かぶ波間を飛び交う鴎を、海士たちはしずかな友と親しんでいるよ）

夏泊の崎の二子島を、

友ふね　おもかちとりかち、ようそろなと舟子共の聞なれぬことさえつりかはして、供舟も引舟も帆をあけてはしるか、数十そう白波に立ましはれり、

解纜楼船窮眺望　布帆風正掛斜陽
暮潮已満秋田遠　雲擁山村香稲黄

青森の浦にいたれは、夕潮のみちくる波間に、いるか(注40)といふ大なる魚あまたをとり出、さなから故郷の池の面に鯉魚のひれふるに似て、めつらしと興す、あま人心あれはにやこの魚をとるへき網をは用意せすとか、渚に大船着けれは、けふのかしこさを申て、米町なるをのかやとりに帰りぬ、

廿八日　けふも又日和よしとて、すなとり御らんす、長き綱に細き糸鉤を枝のことく幾筋もつけたるに、比目魚(注41)あまたかゝれり、夕つけて望海楼にして、例のこと宴を賜ふ、浦ちかきいなかう人、

注40　いるか…菅江真澄『えぞのてぶり』寛政三（一七九一）年蝦夷地の旅で内浦湾（津軽海峡につながる）にイルカが群れており、アイヌが銛で突いて漁をしていることを記録している。直純は津軽の漁師は心あるのでイルカを捕る網は用意しないと書いているが、青森の食の民俗ではイルカを食べ、廻船問屋の扱う商品（宝暦七）の中に「いるか」がある。

山形県村山地方などに現在も伝わるいるか汁というものがある。塩クジラと夏野菜のみそ汁である。名前の由来はわからないと地元ではいうが、以前はイルカで作ったからその名がついているのではないだろうか。（朝日新聞第2宮城版二〇一九・六・二八より）

注41　比目魚…比女目比女科の海産魚。

玉くしげ二子の島の波間より直帆引つれて帰る友舟
（二子島の波間から真帆を張った船を引きつれて帰る友舟よ）

おもかじとりかじ、ようそろなど、舟子たちは聞き慣れない言葉を交わして、友舟も引き舟も帆を揚げて走れば、数十艘のたてる白波に浮き沈みしている。

ともづなを解いた船から遙か眺めれば
帆布は風をはらみ、夕陽に照らされている。

夕暮れに潮は満ち、秋の田は遠くまで広がっている。

雲は山にかかり、麓の里の稲は豊かに色づいている。

青森の湊に着くと、夕潮が満ち寄せる波間に、イルカという大きな魚がたくさん躍り上がっている。まるで故郷の池の鯉が鰭《ひれ》振るに似て珍しいと興じた。海士も心あるのでこの魚を捕る網は用意しないとか。湊に大船が着いたので、今日の有り難さを申し述べて、米町のわが宿に帰った。

二十八日　今日もまた天気が良く、殿は漁の様子をご覧になる。長い綱に細い糸針を枝のように何本もつけたものに、比女魚がたくさん掛かった。夕方、望海楼でいつものように宴を開いて下さった。

頭に唐獅子の面をいたゝきたるかいてきて、笛たいこ
かねのはうしにあはせ、頭ふりつゝをとりくるふ様
さうかは何をさえつるにやと聞わかねと、
君をも世をもいはひ頌なるよし、いとおかしき
田舎のみもの也、猿楽(注42)にも獅子の舞をもて秘
曲とし、八百万の神わさにも、かの頭をもちいつる
いかさま古代のもの成へし、柳〻の外浜の妙
なる景色、うつしとゝめさせられんか為、弘前より
画師時島をめし寄られしに、其伝て直一か
もとより一本の書の奥に、

　　秋の空はるゝ日毎の夕なきハ見るめもそはむ
外のはま風

　　下もみち君か恵の露にささそめし心の色や
見すらん舞(注43)　と聞ゆるハ、さきに山路にて三木
染けるよし申せせし返しなり、直一も此度
御供のつらなりしか、千種の花の折あしく身に
しむ風をにくみしかは、それをやしなはんと

注42　猿楽…上代から中世にかけて行われた庶民芸能。平安時代には滑稽な動作で歌舞・音楽をともなわない所作をいった。鎌倉時代ごろから歌舞・音楽をともなう一種の技芸をいい、やがて能に発展する。

注43　色や見すらん舞…「ん」が二字あり、衍字かと思われる。次の行の「申せせし」も衍字か。

浜近くの地元のものが、頭に唐獅子の面をつけて登場し、笛太鼓鉦《かね》の拍子に合わせて、頭を振りながら踊り狂う様子、唱歌の意味は聞き取ることはできないが、君主をも世をも言祝《ことほ》ぐ言葉であるらしい。たいそう面白い田舎の見物である。猿楽でも獅子の舞は秘曲だし、八百万の神わざにもかの頭を用いている。どれほど古代に遡るものだろうか。われはこの外が浜の美しい景色を写しとどめようと、弘前から絵師時島を呼び寄せた際、幸便で息子直一のもとから手紙が託され、その末尾に、

秋の空晴るる日毎の夕凪は見る目も添はむ外のはま風

(晴天続きの夕凪の景は、どんなに風情が増しているでしょう。浜風も吹いて)

下紅葉君が恵みの露にさぞ染めし心の色やみすらん

(下紅葉は君主の恵みの露によって、さぞや深く染められていることでしょう)

こう書いてきたのは、以前に山路で三本だけ紅葉していると知らせた、その返しである。直一もこの度お供に加わったが、折あしく風邪をひいたので、その養生を願い出て、弘前に残っていたのだった。

ねきて、弘前に残りゐしか、ともすれは浦波の
心にかゝりしを、昨日くす師玄碩の来り、やうく
さはやきぬるよし聞しかハ、けふはことさらに浦
半の見るめもなくさミぬ、

外浜北望激潮流　賜宴海楼万里秋
借問鯤鵬何処化　君臣今日逍遥遊（注44）

廿九日にもなきわたりけれは、おまへの浦に永徳丸うかへ給ふ、をのれもとみにめされて、小舟をはやめ、一里ハかり沖にかゝりし御船に乗うつれり、千尋の庭におろせし碇の重さ、八十五貫めなる三つ、夫よりかろきをあはせて、八つありとか、海の面瑠璃をのへたらんかこと平かにして、波の下に白かねの太刀をひらめかすかさましして、何やらうろくつあまた見えすきけるを、　君も臣も船こそりて釣あくる成へし、餌のかくハしきにつれて、大魚小魚の

注44　逍遥遊…逍遥遊の意味としては、心のびやかに楽しんでいることであり、漢詩中に鯤と鵬が出てくるので、明らかに荘子の「逍遥遊第一」を踏まえている。おおとり（鵬）であれ小鳥であれ、賢人であれ凡人であれ、はたまた王であれ臣であれ、物には世俗の評価のような大小・貴賤などの差別はなく、それぞれ自然に与えられている天分に安住して世俗に煩わされなければ、そこにも等しく逍遥遊の境地があるというのである。直純の時代は儒教を基調とした精神構造であり、特に直純は若君に儒教を教授している職責なのだが、これは知識（教養）としての披瀝である。『幕末下級武士の絵日記』（大岡敏昭　水曜社）によれば忍《おし》藩（十万石）の下級武士（百石）の蔵書は驚くほど豊かである。儒教と中国詩集が多いが、老荘の書物も娯楽性の強い「紅楼夢」なども読んでいた。

ともすれば心にかかっていたのだが、昨日医師玄頑が往診して、ようやく回復したとの診断結果を聞き、今日はわれれも格別に浜辺の景色に心和んだ。

外が浜から遙か北を眺めれば、潮の流れは激しい。

海辺の館で酒宴にあずかれば、すでに万里の秋。

かの（巨大魚）鯤《こん》は何処で鳳凰《おおとり》に化すのだろうか。

君臣は今日も睦まじく逍遥している。

二十九日も凪いでいるので、お前の浜に永徳丸を浮かべさせた。われも急にお召しを受けたので、小舟を急がせ一里ばかり沖に出ていた御船に乗り移った。広い海原に下ろした碇の重さは八十五貫が三つ、それより軽い碇を合わせて八つあるとか。海面は瑪瑙《るり》で覆ったように平で、波の下には白銀の太刀をひらめかすような、なにやら魚がたくさん泳ぐのが透けて見え、殿も臣下も船中全員が釣りに釣り上げた。

はむことを、六韜の書(注45)にのへたるは、謂浜に釣たれし翁のいへりしとか、又万事無心一釣竿の事(注46)は、富春の渚に世を遁れし人の心(注47)はへをいひしにや、をのれも四五尾を釣得て、四方をなかめつゝ、折にふれてふりし世を思ひ出れは、たらちねの釣を好ミ給ひ、はへの官船の楽とし給ふものから、いとけなかりし昔、芝浦にいさなはれまいりて、磯近うはせきすやうの小魚のみ釣しか、けふかゝる鯖なとのつれたらは、さこそ興し給ひけんかしと思ふに、

　なき父の有りしすさミと釣たるゝ袖こそぬるれ秋のうら波

手くりあみいはしあみなと、うけ縄の絶まもなく、ひろき海面所せく引きめくらし、友船呼かはす声のいさましきハ、浦磯も　御舟遊ひの興をそへ奉らんとして、をのかしゝの力を尽す成けり、薄暮御かり屋に帰らせ給ふけれはかしこさを申て花も紅葉もなきうら路(注48)を帰る、

　釣船は帰る浦半のさひしきにいさり火うかふ

注45　六韜の書…兵書の名。三略とともに黄石公の撰とされるが、ともに後世の偽作とされる。

注46　万事無心一釣竿の事…南宗の詩人戴復古が往古の隠者、厳子陵を偲んだ七絶「釣台」の初句。世に知られ公に仕えるよりも、無心に釣竿を友として暮らした厳子陵に憧れる心。

注47　富春の渚に世を遁れし人の心はへ…右の厳子院（厳光）は、若くして才がありのちの光武帝となる劉秀と同門だったが、劉秀が皇帝となると厳光は名を変え身を隠した。光武帝がその才能を惜しんで探させたところ、後斉国で釣をしていた。一時は長安に召し出されたが、官職を与えられそうになったのでこれを辞し、富春山（現在の浙江省富陽県）で農耕と釣りをして暮らし、その地で没した。

注48　花も紅葉もなきうら路…藤原定家（新古今・三六三番）の次の歌を踏まえている。

　見わたせば花も紅葉もなかりけり
浦のとまやの秋の夕暮

餌が新鮮なので大魚小魚が食いつくと、六韜の書で述べているのは、浜で釣をしていた老人が言ったのだとか。また万事無心一釣竿とは、富春の渚に世を遁れた人の心模様を言ったのだとか。われも四、五匹を釣り上げて四方を眺めながら、回想にふけった。父は釣を好まれ、殿のお供で官船上でも楽しまれた。われも幼少の頃芝浦に連れられて、海岸近くでハゼ、キスなどの小魚を釣ったものだが、今日のこのような大きな鯖などが釣れたらば、父はどんなに面白がったことだろうか。

亡き父の有りしすさみと釣たるる袖こそぬるれ秋のうら波

(父は生前釣を楽しみとしていたが、その父を思うと涙で袖が濡れる秋の波の上よ)

手くり網、鰯網などうけ縄の絶え間もなく、広い海面が狭くなるほど引きめぐらしている。友船を呼ぶ勇ましい声がとびかうのは、浦磯中おん船遊びに興を添えようとひとりひとり、力を尽しているらしい。夕方、御仮屋にお帰りになったので、有り難さを申しあげて、花も紅葉もない浜辺の道を帰った。

釣舟は帰る浦半のさびしきに漁り火浮かぶ秋の夕波

(釣舟は寂しい夕波の上を戻っていく。漁り火もいっそう寂しさを添えているよ)

秋の夕波

晦日　あかつきふかく時雨の音にね覚して、しとねのうへなから、ものくひ蟹田といへる浦にをもむかせ給はむ御供のよそひす、

御仮屋にいてゝとのゐせる人に御けしきをうかゝひ奉れは、よへよりいさゝかいたつきのおはしませは、けふは一日たれこめておはしまさんよし聞えたり、其よしそれ〳〵に申伝なとして、日の昇る比宿りにまかんつ、庭の真砂地の日かけもはれつくもりつ、浦風の寒けれは、こもりゐ日記やうのものしたゝめて日をくらす、柳この青森のかりの御住ゐ、前なる海はすこし遠して湊田の中に松の一村茂りたる陰しめてことそかれたる板屋をかまへ、この度かりの庇なと苫もてふきそへたるもつき〳〵し、高場のかたはらにハ、四方を望ミいましめの鼓うつ高楼あり、めくりに堀をほり柵ゆひめくらしたり、さて色付たる田畑に仮屋ひとつふたつ結へり、すなとりの業をハやめ、露霜の翁さひ

晦日　まだ夜深いころ時雨の音に目を覚まし、寝床の上で食事して蟹田という浜にお出かけになるお供の身支度をする。

御仮屋におもむき寝所の番をしていた者に殿のご様子を伺うと、昨夜から少しご気分がすぐれないので、今日は一日、部屋の中でお過ごしなさると告げられた。その旨各所に連絡を済ませて、日の昇るころ宿に戻った。庭の真砂地に映る日の影も晴れたり曇ったりで浜風も身に沁みるので、閉じ籠もり日記のようなものを書いて一日を過ごした。われのこの青森近くの仮宿は、前の海は少し遠く湊田の中に松一本立つ陰にあり、簡略な板屋を構え、この度は仮のひさしなど、苫で葺いているのもこの土地に似つかわしい。高場の片端に、四方が望まれ戒めの鐘をつく高楼がある。周りには堀を掘り、柵を結い巡らせている。色づいた田面に目をやれば、仮屋ひとつふたつ立っている。海士の仕事をやめた霜を置いたような頭の老人がひとりで番をしているとか。

たるか守にや、鳴子の音に驚かさるゝ群雀は、千鳥ならても穂波のうへに立るひまなし、さハ仏の御名をとなへつゝ念珠つまくりさして引なるへしと思ふに、あまの乙女子つま恋衣打をとも、まとをに聞えて、いひしらぬ秋のあはれとりあつめたる所なりける、

　露霜もまた染あへぬ青森の松にしくらし秋の
うら風

はた善知鳥宮の前わたり、安潟(注49)といへる町には漁夫多くすめるとそ、

　鳥たにもよしとしりけん里しめて世をやすかたに
すめるあま人

一日　津軽親守主か旅宿をとひけるに、其庭に名たゝる松ありと聞ゆ、こすの外に立いてゝ見れは、唐崎(注50)ならぬ一樹の松としふる梢さのみ高からぬか物に似す、軒端ちかうしけれり、梅か香を柳か枝に(注51)とねきしハ言葉の花にこそ、こは松の葉のみとりを柳の糸に染てとハ思ひかけきや、したりあひたるさまちり失ぬ木陰の塵をもはらひつへく、苔路をおほふ蓋の下

注49　安潟…安潟を含む地域は平安末期には歌枕の地として知られていた。能「善知鳥」でも分かるように辺境の地で、その認識は豊臣政権まで続いた。江戸時代善知鳥村と呼ばれた小漁村だったが、寛永二（一六二六）年湊を築き、積極的な人寄せで都市形成につとめ、寛文十一（一六七一）年に御仮屋が建てられ、貞享三（一六八六）年には町奉行が置かれた。蝦夷地への人的・物的移動の拠点という重要な役割を担った。安潟という大沼があったらしい。

注50　唐崎…近江国の歌枕、現在の大津市の唐崎神社のあたりの松で、「太平記巻十七」に「唐崎の一つ松」と書かれていることから、古くから名勝として知られていた。

注51　梅か香を柳か枝に…次の歌のことか。後拾遺集八二　中原致時
　梅が香を桜の花ににほはせて
　柳の枝に咲せてしかな

鳴子の音に驚いて飛び立つ群雀は、千鳥ではないが穂波の上の立居が忙しい。それは仏の御名を唱えながら数珠をまさぐっているようだ。また海士の乙女が夫《つま》を恋ながら衣を打つという砧《きぬた》の音もかすかに聞こえて、いいようもない秋のあわれを取り集めたような所である。

露霜も又染めあへぬ青森の松にしくらし秋のうら風

（露霜もまだ紅葉に染めあげていない青森で、松の葉上に浦の秋風が渡ってくるよ）

善知鳥宮の前の安潟という町には海士が多く住んでいるという。

鳥だにもよしと知りけん里しめて世をやすかたに住める海士人

（鳥でさえ住みよいところと知っているらしい。この里では海士人もやすらかに暮らしているようだ）

一日　ご家老の津軽親守の宿を訪ねて行った。その庭に有名な松の木があると聞いていた。簾の外に出てみると、唐崎の松ではないが一本の老いた松があり、梢はそれほど高くないもののどこの木より見事である。軒端に迫って茂っている。梅の香を柳の枝に移してよと願ったのは和歌では桜花のことである。松の葉のみどりを柳の糸に染めてとは、思いもよらないことだろう。枝垂れ柳の葉も散り木陰の塵を払ってしまいたいが、苔で覆われている路では、脛長の芦田鶴も立つことはできまい。

に脛長き芦田鶴(注52)ハ立へくもあらす、梅の花かたぬふてふ鳥(注53)のさゝやか成のみそかくるへき、主はあき人なれハ十八公(注54)の栄はさもあらはあれ、只千歳のみとり深き雪のうちの操を、常磐にめてゝ、八重の塩路行かふ舟の便につけ、長崎によりくるから人のもとにあつらへ、此松につきたる字をもとめせしけれは、松濤と書て贈りけるを十かへりの花待ほとのすさみに額となし、長押の上に掛置たるも夢人にほこれるにハあらし、

来舶清人好揮毫　外浜西海共通艚
主客煎茗閑話裏　秋光寂裏聴松濤

秋寒き外のはま風通ひ来て波こゝもとの
松にふく声

夕つけて、かりの御住居にいつれは、波只此砌の松陰に打よするかと聞ゆ、人々御前にめしいてゝみき給ふに竹の葉の露はかりのむ杯ハさしをかれて七賢

注52　芦田鶴…芦の生い茂っている水辺にいる鶴。また、鶴の異名。万葉集以来の歌語。もと葦辺の鶴を指したが、葦辺に鶴が多くいるところから、しだいに鶴の歌語として用いられるようになった。

注53　梅の花かたぬふてふ鳥の…鶯のこと。古今和歌集三六番　東三条左大臣

　鶯の傘に縫ふてふ梅花
　折てかざさむ老かくるやと

これを引いている。

注54　十八公…松の異称。松の字を分解すると十八公になることから。

梅の花型を縫うという小さな鳥ぐらいしか、隠れられないだろう。宿の主人は商人なので、松のめでたさはそれはそれとして、深い雪の中でも永遠に変わらぬ緑の操を愛でている。大海を行き交う船の便によせて、長崎に来船する中国人に依頼してこの松にふさわしい字を求めたところ、松濤と書いて贈ってくれた。十年ほどは花を待つ間の慰みとなるだろうと額に仕立てて、長押の上に懸けているが、決して他人に自慢するためではない。

いま来船中の清人は書が巧みである。
外が浜の西の海に船を並べて停泊している。
互いに客となり、茶を点てて清談を楽しむ。
秋の景は寂しく、松風の音を聴くのみ。

秋寒き外のはま風通い来て波ここもとの松にふく声
（外が浜から冷たい秋風が吹いてきて、宿の松も悲しげな声をたてていることよ）

夕方、御仮屋に参ると波はまるで庭の松影にまで打ち寄せるように聞こえる。人々、殿の御前に召されてお酒をたまわった。殿は（竹の葉の）露ばかり口をつけられて杯をおかれ、七賢八仙を気取る者たちには心ゆくまで飲ませなさる。

八仙[注55]をまねふともからに八、心のゆくかきり飲ことを
ゆり給ふに、もとより
君はたしみ給はねは、人々のうち面あかミて酔るも
あれと、白糸のミたれに及はす、興殊にして、飯をも給
はるに若きともはかたみに飯かひとりて、椀のうへ、雪の山
のことうつ高うもりかはす、いきほひまうなる、何かし
くれかし、雌雄をあらそへは、かつは金谷の酒のミかた[注56]の
罪ゆるさるゝもあり、初夜過る比、宴終りいとま給ハり
かしこさを申て、をの〳〵まかんてぬ、
九月朔日にも成ぬ[注57]、うちしくれたり
　秋のよもや[注58]長月の初しくれふりみふらすみけふ
をくらして
よへ時雨にぬれつゝ、宿りに帰るさに、すさともの
いふは、こはこと更に風寒し、岩木山には初雪
ふりなましといふ、いかに寒けき国なりとも、さ
まてはとあらかひ侍りしに、けさしも耕田嶽に
初雪見ゆるはやと聞ゆ、九月二日なりけり

注55　七賢八仙…七賢も八仙も中国各代に擬せられているが、ここの七賢は晋代の竹林の七賢を、八仙は杜甫の「飲中八仙歌」によまれた唐代の八仙の酒仙のことだろう。

注56　金谷の酒のミ…晋の石宗が金谷園に賓客を招いて、大いに飲み、詩を賦せしめ、できないものには罰として酒三斗を飲ましめた故事。当該注1に挙げた李白「春夜宴桃李園序」にも引かれている。

注57　九月朔日にも成ぬ…118頁に「一日」の記事があり迷うところだが、「一日」は次の和歌までの範囲でないか。「九月朔日にも成ぬ」とは、感慨を示した言葉と解した。

注58　秋のよもや…原文のママだが、字足らずである。秋のよもはや（早）で脱字ではないか。

もとより、殿はお酒をたしなまれない。家臣の中には顔を赤らめ酔う者もいるが、（白糸の）乱れるところまでにはならない。座は最高潮に盛り上がって、飯までたまわったが、若いものたちは互いにしゃもじをとって椀の上に雪の山のようにうず高く盛り、意気盛んである。誰も彼も優劣を争い金谷の酒飲みと同じように大目に見られることだろう。初夜過ぎる頃宴が終わったのでおいとま乞いをし、今日の有り難さを申し上げておのおの退出した。

九月一日になったのだなあ。時雨の季節になった。

秋のよもや長月の初しぐれ降りみ降らずみ今日を暮らして

（秋も長け《た》、早、長月になった。時雨が降ったりやんだりしている一日を暮らした）

昨夜、時雨に濡れながら宿に帰る途中、従者たちが「これは特に風が冷たいから岩木山には初雪が降るかもしれない。」と言う。どんなに寒い国だとしてもそこまではないだろうと抵抗したが、今朝まさに耕田嶽に初雪が見えると聞いた。九月二日である。

けふも又しくれにぬれて、みかり屋にいつるに、
かの高根をかえりミれは、薄雪白う雲
まに見えすきぬ、

　　浦里はしくれし雲の絶間より見るめことなる
峯のはつ雪　　かくてこの嶽に初雪ふれは
浦風吹あれて、里にもやかてあられふるへし、
たなつものおさむる民のたらさるをたすけよ、
ゑきのしけかるへきをは、ゆるせ、よつ磯（注59）の方ハ
来ん春をまちて、見めくらせ給はんと、
下か下までを恵ませ給ふ御心用ゐ浅から
す、あさてのほと御城に帰らせ給
はんよしの仰いともかしこく、かれ是の
事とりおこなひてのち、まかんてゝ浜辺を
帰るさに、

　　玉藻もて磯屋の軒端ふきそへよ波路し
くるゝ外のはま風

注59　よつ磯…寛文四年の「御国日記」に「外浜上磯・外浜下磯・西浜上磯・西浜下磯」の名が見える。この四つを指したか。

今日もまた時雨に濡れて、御仮屋に参る途中振り返って見れば、あの高峯に薄雪が白く雲間から透けて見えた。

浦里はしぐれし雲の絶え間より見るめことなる峯のはつ雪

（浦里はしぐれの季節になった。雲の切れ目から見事な峯の初雪が見えるよ）

こうしてこの嶽に初雪が降ると浦風が吹き荒れて、やがて里にも霰が降ってくるようだ。米を納める民の不足がないように助けよ。頻繁な疫病のはやりは勘弁せよとの願いを込めての巡覧は、よつ磯の方は来る春をお待ちになって実行とお決めになった。殿の下の下まで豊かになるようにとのお心配りは濃やかである。明後日、弘前城にお帰りになるとのお言葉は有り難く、なにやかと片付けてから退出した。浜辺を帰る時に詠んだ。

玉藻もて磯屋の軒端ふきそえよ波路しぐるる外のはま風

（美しい藻で海士小屋の屋根を葺いたらどうだろう。外の浜風が吹いて波間はしぐれているよ）

偶作

霜落天高仰北辰　　秋光老去雁来寅
耕田嶽雪今朝白　　昨夜雨痕霑外浜

三日　例のこと、御かり屋にいてゝ、おふやけ事の文書なとしたゝむ、俄に寒きけにや腰のあたりいたみしかは、やしなはん事をねきてとく退食す、あすなん御城に帰らせ給ひなは、ほとなく宇和野(注60)にして軍の陣をしかれ軍士を習はさしめんと也、四境はさる事なから、是は又内にかえり見在徳不在険(注61)ことを若君にをしへさとし給はんとか、此事年毎の秋に不絶行はるゝ、其初ハおろしやのゑひすうかかひよる聞え有しころ
公にねき給ひ山鹿高義に元帥を命せられ、専らその事を用らせ給ひしより、いともかしこき国の掟とは成けらし、旅宿のあるし所につけたる塩鮭こんふなと

注60　宇和野…上野とも。弘前藩がしばしば軍事訓練を行った場所。「御国日記」文化十二年九月十五日に「若殿様宇和野にて野稽古を御覧なさる」とある。この旅から帰って十一日目である。

注61　在徳不在険…国家の経営にとって最も大切なことは、道義の尊重であり、自然の要害ではない。(史記・呉起伝)

偶作

澄んだ空より霜が降り、北極星を振り仰ぐと
秋の景色は衰えて、雁が北東の空を横切っていく。
耕田嶽の雪は朝日に輝いている。
昨夜の雨で外が浜はぬかるんでいる。

三日　いつものように御仮屋に参上して、公文書をしたためていたところ、急に寒気を覚え腰のあたりが痛みだしたので、養生することを願い出てすぐに退出した。明日、弘前城にお戻りになったら、宇和野においてすぐに軍陣を敷かせて軍士の訓練をさせるのである。周囲の国境はもちろんであるが、内政を省みて「在徳不在険」ということを、若君に教え諭すために行うものだとか。この行事は毎年秋に欠かさず行われるのだが、そのきっかけはオロシヤの蛮人が来襲するとの情報を得て、幕府に願い出て山鹿高義を元帥に命じ、もっぱらそれに当たらせなさった事から、たいそう重要な国の掟となったのである。旅館の主人が土地ならではの塩鮭、昆布など贈ってくれたので、江戸から携えてきた品や少しばかりの金を取らせた。従者たちにもめいめいに金を渡し、海産物の新鮮なものを求め土産物とさせた。

贈りけれは、江都より携へ来し品いさゝか金なと
とらせつ、すさらにもそれ〳〵にあしとらせ、海つ物
のあさらけきをもとめてつとゝせんとす
　あすは又山路をわけん旅衣ころもへすして
かへるうら波
四日　東嶽に横棚引きわたる比しも、青森を立出
させ給へハ、跡の浦波八重の塩雰に立へたてゝ
雁の鳴くを、
　あまの子かまとをの衣かり鳴て菊の香さむき
秋のはま風　　すみの一枝手折来つるを乗物の花
かこにさす、朝時雨けしき計ふりはれたる雲間
に、岩木山見ゆ、高根にハはや日影さし出て、初雪の
光まはゆきまてかゝやく、
　下紅葉さそ染つらん岩木山高根に白きあさの
はつ雪　　新庄といへる村より山路に分入る、
　刈しほの稲葉の雲も時雨らしもみち色こき
秋の小山田　　つかろ坂をこえ柳窪といへる里のこ

明日はまた山路を分けん旅衣ころもへずして帰る浦波

（明日はまた山路を分け入る旅である。寄せてはすぐに帰る浦波のように我らも）

四日　東嶽に横雲が棚引く頃青森を出立なさった。後方の海は厚い潮霧に隔てられている。雁が鳴いているのを、

海士の子がまとをの衣雁鳴きて菊の香さむき秋の浜風

（海士の子の着る衣は寒々としている。雁の声にも浜風が運んでくる菊の香にも、いっそう寒さがつのることよ）

折ってきたガマズミの一枝を乗物の花かごに挿した。朝時雨がちょっと降り、やがて晴れた雲間から岩木山が見える。高根には早くも朝日が射し、初雪がまばゆいまで輝いている。

下紅葉さぞ染めつらん岩木山高根に白き朝の初雪

（岩木山ではさぞ下紅葉が色づいていることだろう。高根に白く初雪が見えるから）

新庄という村から山路に分け入る。

刈りし穂の稲葉の雲もしぐるらし紅葉色こき秋の小山田

（刈り取った稲葉の上の雲もしぐれているらしい。濃く色づいた小山田を見ると）

なた小高き山の平かなるに御休所あり、竹の指竹の
たるき油紙をおほひまくうちたり、是は軍陣にも
又かうやうのおまし所にも用ゆるもの也、海面の
作定高陣場に似たり、紅葉を折て、

　故郷の人にみせはやもみち葉の錦を秋の山つとに

ミて　浪岡にして、昼つかた休らひ給ふ、夫よりハ
さいつ比ゆきし路を帰れは、山際すみてはや
入なんとする秋の日かけの幾千町田の稲葉の雲
に移ろひ、けに年ありと見るかうちに、ゆく／＼暮
はてゝ入相の鐘遠路の村のきぬたの声聞に淋しく、
松火の光行来にほのめけハ、林の奥にねくらしめ
たる鳥の列もうち過て、夜を守る犬のつゝみ
うつ比（注62）、御城に帰り入らせ給ふける、かく心行迄
海士のたくなは、同しさまなるくりことを小鹿
の角のつかみしかき筆して、山鳥の尾の
なかく／＼と書付侍るハ、故郷の人にかたらん
こと葉の種をわすれしの思ひ出くさに、ひとり壁に

注62　犬のつゝみうつ…午後八時の時刻を知らせる時の鐘。
「御国日記」に、九月四日、夜八時過ぎ、御二方様御機嫌よく御帰城なさったとあり、直純の記録の正確さが確かめられる。

津軽坂を越え柳窪という村の、小高い所にご休憩所がある。竹の垂木《たるき》を油紙で覆い、幕にしている。これは軍陣においてもまた、このような御座所にも用いている。海上の作戦場、高陣場に似ている。紅葉を折って、歌を詠んだ。

故郷の人に見せばや紅葉葉の錦を秋の山つとにみて

〔故郷の人に見せたいものだ。この紅葉の錦を山の土産として〕

浪岡で昼の休みをとられた。そこからは先ごろ通った路を戻ると、山際が澄んで早くも沈もうとする秋の夕日が幾千町田の稲葉の雲に映って、まことに稔りの秋だなと見ながら行く。すっかり暮れはてて入相の鐘、遠くの村で砧うつ音が聞こえてきて、寂しい空気が漂う。行き来するたいまつの火が灰めくと、林の奥にねぐらのある鳥の列も上空を過ぎていき、犬の時報の鐘の音響くころ〔午後八時〕、弘前城にお着きになった。

このように気の済むまで海士の用いるたく縄のように同じことを繰り返し述べ、〈小鹿の角の〉柄《つか》短い筆で〈山鳥の尾の〉長々しく書き付けたのは、故郷の人に語る言葉の種を忘れまいとの思い出草のためである。

むかはんよりはと、閑窓の燈火のもとのすさみハ、三度

君に供し奉りし、かひあるそとの浜つとにこそ、

文化十二年乙亥秋九月

松野直純謹識

ひとり壁に向かっているよりはと、閑窓の燈火のもとで手慰みにするのは、三度殿にお供して甲斐ある思いをした外の浜の土産なのである。

文化十二（一八一五）年秋九月

松野直純謹識

四　桜狩り（仮題）　文政五年

飛鳥山の碑（撮影　著者）

さく花の色香にもよほされて、四方の野山に
あこかるゝは、老も若も貴となく賤となく、はる
毎に、あらたに、又年々に新たなるハ、やふしわ
かぬ日のひかり、いたらぬくまなく、明らけき
御世の御恵なりけり、こその比比ハ世中の人の
花心、をしなへて風の心地わつらはしかりけれは、
谷陰の埋木すらもうきにはもれして、柴の扉
さしこめて、春の行衛もしらすそ有し（注1）、津の国の
なにはの春も（注2）、芦の朽葉に風わたりつゝ、今
はた角くめる時しも（注3）、物ことにあらたまりて、
百千鳥の鳴声いと長閑に聞ゆれと、山賤の
ふりゆく身には、何をかさえつりいてむ、

　雨風も時にしたかふ比はるは
　　こゝ路長閑に花をまたまし
　時津風吹をさまりしはるは只
　　四方の野山の花をめて見む

注1　春の行衛もしらすそ有し…古今和歌集（80）、藤原因香の歌をふまえている。
　たれこめてはるのゆくへも知らぬまにまちし桜もうつろひにけり

注2　津の国のなにはの春…新古今和歌集（625）西行の次の歌が下敷か。
　津の国の難波の春は夢なれや
　蘆のかれ葉に風わたる也

注3　今はた角くめる時…新古今和歌集（25）左衛門督通光の次の歌をふまえているか。
　三島江や霜もまだひぬ蘆の葉に
　つのぐむほどの春風ぞ吹

現代語訳　桜狩り（仮題）　文政五年

咲き始めた桜の色香に誘われて、あちらこちらの野山に憧れるのは、老若も貴賤も問わないのである。春ごとに改まり、また年ごとに新しくなるのは、日の光で、藪《やぶ》にまでもれなく注ぐのは、良き治世のお恵みである。去年の今頃は、世間の人々の花を待ち焦がれる心が風の強さに悩まされたが、谷陰の埋もれ木でさえ泥から現れるというのに、われは柴の扉を閉ざし春の行方も知らずに閉じ籠もっていた。津の国の難波の春も、芦の枯葉に風が吹けば新しい芽が出ると詠われている。すべてのものが改まり、多くの鳥の声々がのどかに聞こえてくる季節となったが、田舎住まいの老人の身では、一体何をさえずることができようか。

雨風も時にしたがふこの春は心のどかに花を待たまし
（雨風も時節に従っている。この春はこころ静かに花の便りを待つことにしよう）

時津風吹き納まりし春はただ四方の野山の花をめで見む
（季節風も納まったので、この春は思いのまま野山の桜を眺めに出かけよう）

むつきくはゝりしかは、(注4)二月半の比ハ、木末のけし
きたつまし、家ゐちかき東ゑいの御山(注5)の糸桜
心にかゝりて、朝またきとひ行けれは、

　けさはとくほころひ初る糸さくら
　　露も結ひしはなの下ひも

日吉の御屋しろをふし拝みて、

　雲霞かけていくはる仰きゝむ
　　日よしのミやの花の糸ゆふ

法の御山に、つき〳〵しく彼岸桜と名付たる
一くさの花は、ひとへのさゝやかるものから
木末は高く生のほれれは、けに白雲とらえ
ゆるは、此御山の花にして、よその梢はたちも
及はぬなるへし、かく咲初けるを人々にも
つけんとて、
二三日へたてゝめこ孫らも行見しか、いやましに
咲そひて、木の本に醎をすゝめし人も多かり

注4　むつきくはゝりしかは…文政五年は一月が二度あった。

注5　東ゑいの御山…東京都台東区上野桜木にある天台宗の寺。山号寛永寺。江戸城東北鎮護の寺として寛永元（一六二四）年起工。翌年本坊完成。寛永年中には上野山内に講堂・寺院が建ちそろった。西の比叡山延暦寺に対し、東叡山寛永寺と名付けた。

今年は一月が二度あり、二月半ばにもなれば梢の色が変わり始めたので、住まい近くの東叡山の糸桜が気になって、朝早く訪ねたところ、

今朝はとくほころび初むる糸桜露も結びし花の下ひも

（けさ早くほころび始めた糸桜よ。花の下紐の上に露も置いている）

日吉神社を礼拝して、

雲霞かけて幾春仰ぎ見む日吉の宮の花の糸ゆふ

（どれほどの年月、日吉の宮に捧げられた桜の糸木綿を仰ぎ見たことだろうか）

仏法の御山に似つかわしく、彼岸桜と名付けられた一本の木は、一重で小さな花だが梢は高く茂っており白雲に届きそうであるのは、この御山の花ならではで、他所の木は及びもつかない。このように早く咲いたことを他の人にも知らせようと心急がれた。

二、三日経って妻、子、孫たちも出かけて見たところ、どの木も満開で木の下で酒を酌み交わす人も多いと聞き、一度見たもののまた見たくなり、夜来の雨が上がった早朝に急に思い立ち、杖を引いて家を出た。

きと聞に、見ても又見まくほしきに、よへの雨
はれけるつとめて、杖をひきてとみに立出、
独見る花をこゝろの友なれは
さひしさしらぬ春の山ミち
同し所もあかす見めくり、施無畏大士の御堂(注6)
にのほれは、堂守の僧燠に向ひゐたり、鰐口の
鉦うち驚かす人もなくて、いとしつかなる
朝ほらけなり、
雨はれて霞のまよりさしのほる
日かけも匂ふはなのしら雲
雨の後露けき花にうくいすの
木伝ふ声も匂ひこほれて
糸さくらいと柳、たてぬきの隙に見ゆる
木陰立さりかたきものから、
二月廿日、あまり六日、本所の御館(注7)にのほらんとて、
青柳の橋うちわたるもいと長閑なりける

注6　施無畏大士の御堂…施無畏は明恵上人を指す場合もあるが、ここは観世音菩薩の異名で観音堂というか。

注7　本所の御館…津軽藩上邸。本所二ツ目にあった。

ひとり見る花をこころの友なればさびしさ知らぬ春の山みち

（ひとりで眺めているが、花は心の友なので寂しいことはない、春の山みちよ）

同じ所を何度も行き来して眺め、観音堂に上ると、堂守の僧は熾火《おきび》に向かっていた。鰐《わに》口の鉦を鳴らす人もなく、たいそう静かな朝である。

雨はれて霞の間よりさしのぼる日かげも匂ふ花のしら雲

（雨があがり霞の間から上る日の光は、花にそそぎ、匂うばかりの美しさよ）

雨のあと露けき花にうぐいすの木伝ふ声も匂ひこぼれて

（雨あがりの露に濡れた花の枝を伝う鶯よ。その声からも匂いがこぼれるようだ）

糸桜と糸柳が縦糸、横糸に織られた隙間からのぞく桜の木陰を立ち去りがたく。

二月二十六日　本所の御館に参上しようと青柳の橋を渡る。たいそう静かな朝である。

あしたなり、玉くしけ二国かけける橋(注8)のらん
かむによりのそめは、水上のすみた河さしゆく
友舟もミゆ、下つふさの国をへたてゝ、小ゐはらの
つくはね遠く(注9)、霞の中にそひえ、行ミぬさかひ
なる桜河の名もゆかしく、此面彼面の花に、あ
くかる、かくて御館にまいりても、これと為へき事も
なけれは、誰よりも早くまかんつること、
花の為にはつみゆるさるゝかたもありなん、
はかまのすそたかうかゝけつゝ、三国の
堤(注10)にいたる、此わたりハ八重さくらなれハ、またつほミ
なるも、日にそひて盛ならん色をふくめり、
子孫らのうふ神、牛島の御社(注11)にぬかつく、
広前いと清らに有しにこえて、瑞籬すりはくハへ
られたり、古渡のほとりよりハ花皆盛りにて、
匂ひま袖にミち、ねよけにミゆる。いなむしろ
しかぬ木のもとなきは、江都の人々のとひ
こしか休らはん料にや、堤の有なる田家には、

注8　二国かけける橋…両国橋。詳しくは本書「年月の移り変わり」注15。

注9　下つふさの国をへたてゝ小ゐはらのつくはね…下総国は千葉県北部と茨城県南西部を含む地域。隅田川から常陸国茨城の筑波山が見えた。

注10　三国の堤…武蔵国・下野《しもつけ》国(現在の栃木県)・下総国を流れる渡《わた》良瀬《らせ》川に架かる橋を三国の橋といった。渡良瀬川は利根川と合流し江戸湾に注いでいた。荒川と隅田川には堤が築かれていた。隅田川添いの堤をいうか。

注11　牛島の御社…隅田川東岸、言問橋の南東方にある。祭神は須佐之男命と貞辰親王之命が祀られている。牛島の総鎮守である。

二国に架かる橋の欄干に寄りかかり下を覗き込むと、上流の隅田川を連れだって行く友船も見える。下総《しもうさ》の国を隔てて、小いばらの筑波峯《つくばね》が遠く霞の中にそびえている。まだ行ったことのない相模国《さがみのくに》の桜河の名にも惹かれ、あちらこちらの花に憧れる。御館に参上しても特別することもないので、誰よりも早く退出するのも花に免じて許される一面もあるだろう。袴《はかま》の裾をからげて、三国の堤にやってきた。この辺りの桜は八重桜なのでまだつぼみだが、日に日に開花していくような色を含んでいる。

子や孫たちの産神である牛島社に拝礼した。広前はたいそう清浄で、瑞垣は以前より更に磨き上げられている。古渡のほとりからはほとんどの木が満開で、匂いが袖に移り、寝たら心地良さそうにみえる。筵《むしろ》を敷いていない木の下がないのは、江戸の人々が花見に来て憩うための用意であろうか。

所につけたる肴てうし、酒うる軒は数そひ
ぬるは、花も人めもさかりなる所の　不明　也
行々て木母寺(注12)のあなた、若木の桜うへましやする
松陰に、しはし休らふ、享保の
御世、大宮人を饗せさせ給ひしも、此所にや(注13)、春
の御舟とて、錦江先師のやまと文(注14)にしるされ
しを見るにも、さこそ優なる御遊なりけんかしと、心も
こと葉も及はす、さくらは其比よりうへられて、
いそのかみふるき名所も、春の光そへぬること、
いとかしこきや、

　幾はるも事とひてミんすみた河
　　なミの花さへさかりことなる
　すみた河又こそとはめ心をは
　　関屋(注15)の里の花にとゝめて

所の名におひたる鳥(注16)も、今かく花にとハれんとは、
思ひかけきや、渡守さす棹のいとまもなく、船に
のれともいひあへぬほとにや、しかはあれと、雪の朝

注12　木母寺…隅田川沿いにあり桜の名所。天台宗で寺領二十五石。もと梅若寺と号していたのを改めた。謡曲隅田川で知られる。

注13　大宮人を饗せさせ給ひしも此処にや…大宮人は公家のことで、ここは冷泉為久他勅使院使随員として下向した。享保二十（一七三五）年四月四日、勅使の一人として冷泉為久は徳川吉宗の引見にあずかり、以後、寛保元（一七四一）年まで連続七年江戸に下向した。徳川実紀を検すれば、公家饗応は猿楽が主で、隅田川遊覧は元文五（一七四〇）年の一度だけである。正確に言えば「享保の御世」は記憶違い。

注14　春の御舟とて錦江先師のやまと文…錦江先師とは姓成島で名を信《のぶ》遍《ゆき》、鳳卿。号を錦江、芙蓉道人など。一度、龍洲を用いたが、龍洲は子息和鼎が主に用いた。

　信遍は元禄十二（一六八九）年生れ。十七歳で成島道雪の養子となり、表坊主に召し出される。二十一歳の時、西丸奥坊主に任ぜられ、以後本丸に移る。享保元（一七一六）

堤の側の田家では土地がらの肴を料理し、酒を飲ませる店が軒を並べている。花も人の訪れも盛りの所の（この箇所不明）

さらに歩き続けて、木母寺《もくぼじ》の向こう側に若木の桜を植え増した松林のその下でしばし休んだ。

享保の時代、公家を饗応なさったのもこの場所だったとか。成島錦江先師の「春の御舟」という和文を読むにつけても、どんなに雅な御遊びだったろうかと想像してみるが、心も言葉も及ばない。桜はその頃から植えられて、（石の上）古い名所に春の日の光が注いでいるのは、有り難くも恐れ多く見える。

　幾春もこと問ひて見ん隅田河浪の花さへ盛りことなる

（来ん春も来ん春も見に来よう。隅田河の春の盛りは浪の花までひとしおである）

　隅田河またこそ問はめ心をば関屋の里の花にとどめて

（隅田河よまた訪ねてこよう。心は関屋の里の花に残したままで）

所の鳥として有名な都鳥も、今日このように桜目当ての人々に訪ねられようとは、思いもよらないだろうよ。渡守はせわしく、舟に乗れともいい終わらぬうちに棹をさして漕ぎ出す。

年二十八歳の時、吉宗が八代将軍となると、坊主世話役を仰せつけられる。享保四（一七一九）年、三十一歳で奥坊主を仰せつけられる。享保五（一七二〇）年十月、院使冷泉為綱が勅使西園寺敦季と下向し十三日間、滞在。この時、吉宗の勧めにより信遍も冷泉家に入門したらしい。享保八年、三十五歳で奥坊主組頭に准ぜられ、書籍の事を承る。冷泉家が下向して以来、関東に門人が増え、最古参の冷泉門人は処士仁木充長だった。仁木の弟子だった信遍が後を継いで、関東冷泉門と冷泉家の連絡係として重要な役割を担うこととなった。冷泉為久の江戸滞在中の雅談の相手、風流韻事にはいつも付き添った。元文五年三月の勅使冷泉為久、葉室頼胤をもてなす隅田川遊覧に同行し、公卿たちの雅談の相手、詩歌の詠出、遊覧の様子を和文にしたためて、幕府に提出することが求められた。その和文が「春の御舟」で、江戸冷泉派歌壇では話題をあつめ、借覧を願う人々は多かった。直純もその写本を読んだのだろ

雨の夕、つれ〳〵なる折もありなまし、花の陰を帰さ

正當(注17)に行あふ、

色香しること葉の友にめくりあふ

すみた河原のはなの下みち

河面すこしへたてたる田家をとひけれハ、午の

貝吹ける比にて、くさひらなとてうして、かれ飯すゝむ、

此わたりの村々、たうへすいとま、花の樹をうふる

をなりはひとす、よてこその日てりにも、うへに

のそまぬは、江都のとめる家々の作りなす

園生の露にうるひしなるはや、

賎の男かゆつるくろにも載置し

はなミてうへす春のあら小田

五本柳の陰ハ、いつも〳〵したはるゝ住ゐのさま、

いとうらやましくて、

廿九日、朝とく昌胤のとひ来て、昨日の雨もはれ

ぬ、花もまたうつろふましけれは、何方にか

山ふみせましといさなふ、これはこそ爐辺の

う。

注15　関屋の里…和歌に詠まれる関屋は須磨の関と不破の関が有名だが、一方、隅田川の渡の上に中世から関屋の里というのがあったらしく、いつしかこちらの関屋も歌枕のように詠まれ出したのだろうか。

注16　所の名におひたる鳥…伊勢物語九段で「昔男」が東下りして武蔵国までやってきた。隅田川に白い鳥が遊んでいるのをみて、鳥の名をたずねた。渡守は「みやこ鳥です」と答えたので、去ってきた都を恋しく想ったという話から、いつしか隅田川とみやこ鳥は対で考えられるようになった。

注17　正當…続く昌胤・子雄も直純の歌友だろうが未詳。

ただ、今はこのようでも、雪の朝や雨の夕暮れなど、手持ち無沙汰の日もあるだろう。花の下陰を戻る時、正當に逢った。

色香しる言葉の友に巡りあふ隅田河原の花の下道

（風流の分かる歌詠みの友に巡り会ったよ。隅田河原の花の下で）

川の向こう側の田家を訪ねると、ちょうど昼時で、キノコなどを調理した食事を勧めてくれた。このあたりの村々は、田仕事の合間に花木を植えることを仕事としている。そのため去年の日照りの際にも飢人がでなかったのは、江戸の裕福な人々の庭に花木を納める副業があるからなのだろう。

賤の男がゆづる畔《くろ》にも裁ち置きし花見て植えず春のあら小田

（農夫はあぜ道に苗を置いたまま花を眺めている、鋤き返したばかりの春の田で）

五本柳の下陰はいつも憧れであり、そこにある住まいは羨ましく思われて。

二十九日　朝早く昌胤が訪ねてきて、「昨日の雨も晴れました。花もまだ散らないだろうから何処か、山歩きしましょう。」と誘ってきた。

閑談に花鳥の春まつあらましことをわすれ
ぬもうれしく、子雄をもさそひ、三人こゝろに
さかふ事なく、飛鳥のあすか山にと心さす、
柳原の里をいて、しのはすの池をめくれは、東
叡の花の白雲、常磐木のたえまに棚引たる
も興ふかし、谷ふところに、分入て、根津権現
の御社にまうつれは、

みつかきの花に人めのまれなるや
神さひまさる春の山かけ

蔓なきゐかきの花の光ハ、こと更にこそ、
山里は花ならさる所もなけれは、路のはるけ
さも覚えす、西原にいたる、

子を思ふ心は空に同し野の
芝生の雲雀遠近の声

飛鳥の山口しるく、木高かりし二木の桜
いたく朽にけるを見れは、身の徒に年ふり
ぬるもともにあはれと語りあふ、雉兎のミち

これは、去年の爐辺の歓談―花鳥の春待つ様子の一部始終―を忘れずにいたことも嬉しく、子雄を誘って三人で心のおもむくまま、とぶとりの飛鳥山にと向かった。柳原の里を出て忍ばずの池を巡ると、東叡山の花が白雲のように棚引いているのが、常磐木の間から見えてなかなか趣がある。谷の底に下り根津権現の社殿に参詣した。

瑞垣の花に人目のまれなるや神さびまさる春の山陰

（神社の瑞垣には訪れる人もなく、いよいよ神々しさが増す春の山陰よ）

甍《いらか》のない瑞垣はさえぎるものがなく、桜の輝きは格別である。山里は桜のないところはなく、随分遠くまで歩いてきたとも感じない。西原まで来た。

子を思ふ心は空に同じ野の芝生の雲雀遠近の声

（子を思う気持ちはみな同じである。雉の鳴く同じ野から、子を思って飛び立つ雲雀の声があちこちから聞こえてくるよ）

飛鳥山の登り口に、目立って高く茂りたつ二本の桜がある。ひどく朽ちているのを見ると、年をとり寿命が尽きたようで、人間と同じで哀れだと語りあった。

ひらけ、葛葉のものらも来しとて、此山を
花の名所とせられし、おゝんいさほしのあと
しるしつけられたる石ふミハ、今もかはらす
常磐なる松陰にたてるも、いと尊くて、

花の木は生かはれとも飛鳥山
世々に名高くたてる石ふみ

若木ハいやましにほこりかなる匂ひをふく
ミて、末久のさかりの色をあらハせり、

折よくもけふる花のあすかやま
あすや木かけの雪とちるらん

昌胤茶箱を携来けれは、柴のかり庵結ひ
ゐたる翁に、湯わかさせて、芝生に円ゐし、
一ふくを点してのましむれハ、花に無味の
禅味をそへたるも興あり、山風のさと吹落て
渡雲立まよふに、遠路の里は村雨の過るあ
しみゆ、やかてこゝにも降来ぬへし、同しく立
ぬるともなと打すされて

（注18）葛葉のもの…葛葉は和泉国の信太森にまつわる伝説に見える白狐の名。安倍保名が白狐を助け、その化身の美女葛葉を得て妻とする。二人は晴明をもうけたが、晴明に正体を見られたので、次の歌を書き残して姿を消したという。浄瑠璃や歌舞伎にも取り上げられた。ここでは単に狐を言っている。

恋しくは尋ね来てみよ和泉なる
信太の森のうらみ葛の葉

注19 しるしつけられたる石ふミ…将軍吉宗は飛鳥山で狩や酒宴を催し、王子権現の別当金輪寺で休息することが多かった。その愛着の飛鳥山を金輪寺に下賜することになり、そこに記念碑を建て碑文を成島信遍に命じた。碑は元文二（一七三七）年に建立。元文三年に下向した冷泉為久に、前年建立された飛鳥山碑の碑文を「飛鳥帖」に仕立てて献上した。信遍の晴れがましい場面のひとつ。

注20 無味の禅味…味の中で最高のものは無味であり、これは深い境地に達したものでなければ、理解でき

雉や兎の行き来する道も開け狐も来るようになった。この山を花の名所と整備なさったお上の御功績を彫りつけた石碑が、現在も変わらずに常磐木の松陰に建っているのも有り難くて、

花の木は生きかわれども飛鳥山世々に名高く立てる石ぶみ
(花の木は何代も生き継いでいるが、飛鳥山の碑は永久《とわ》に名高く建っているよ)

若木は日に日に膨らんでくる色を含んで、これから盛りとなることを予感させている。

折よくもけぶる花の飛鳥山あすや木陰の雪と散るらん
(今日は折りよくも飛鳥山の桜がけぶるように満開である。明日は木陰から雪のように散るだろう)

昌胤が茶箱を持参したので、柴の仮庵を構えている老人に湯を沸かしてもらい、芝生に座り一服を立てて飲ませてくれた。花に無味の禅味を添えることになり、なかなか趣のあることである。山風がさっと吹き落ちて、綿雲が動いたかと思うと、遠くの里ではにわか雨が降っている。そのうちここにも降ってくるだろう。立ち去るなら今だと急がれて、

ないとする禅の味わい。野辺で茶を点てて飲むことが、俗世を離れた枯淡の風趣を味わっていると言いたいらしい。

村雨の過ゆく花の木のもとに
　帰さわすれんはるの山ふミ
あく時はなけれと、かけ路をくたり、麓河の
板橋を打わたり、咲きつゝく田家の花の中道
を行て、稲荷の森にむかふ、
　きさらきや折かさしけん杉生にも
　　やかてうけそふ花のしらゆふ
若王子権現(注21)の御社に、あらたにすりとゝのへ
られて、いとかう〱しきに、みつかきの内外
幾本となく花のさかりなれハ、
　みくま野の光をうつす東路に
　　花もてまつる神かきの春
ぬかつきて、帰るさ又飛鳥山を過れハ、一村雨
ふりきぬ、平塚明神(注22)の杜の下陰にしはし、
たゝすミ晴間まちえて、田畑村に分入る、
祠も寺も賤か屋もさくらハさら也、桃李山
梨海棠なと、花さかぬ所もなし、

注21　若王子権現…当地に伝わる「若一王子縁起」を基に寛永十八年に幕府の命により絵巻が成立した。これを承応三（一六五四）年、王子権現社に納めた。ゆえに王子権現社のこと。

注22　平塚明神…上中里村（西ケ原村）にあり、源義家・義綱・義光の三代を祀る神社。近世に三代将軍家光の病気治癒祈願成就にあたって再興された。

村雨の過ぎゆく花の木のもとに帰さ忘れん春の山ふみ
(村雨が過ぎるのを待つ花の下で、帰り道を忘れてしまいそうな春の山歩きよ)

花は眺めても眺めても飽くときはないのだが、険しい山道を下り麓川に掛かった板橋を渡り、満開の田家の中道を通って、稲荷神社の森に向かった。

きさらぎや折りかざしけん杉生にもやがてうけそふ花の白木綿《しらゆう》
(美しい如月よ。人々がかざしにと折った花の枝は、やがてこの森の神社に白木綿として手向けられるだろう)

若王子権現の神社は新しく修理されて、たいそう神々しくなった上に瑞垣の内外には幾本もの花が満開なので、

み熊野の光をうつす東路に花もて祀る神垣の春
(熊野から勧請した東路の稲荷の社に、花が捧げられている神庭の春よ)

拝礼して帰り道はまた飛鳥山を通る時、さっとにわか雨が降ってきた。平塚明神の森の下で少し休んだ。晴間を待って田畑村に分け入った。どこの祠《ほこら》も寺も農家も桜はもちろんのこと、桃、李、山梨、花海棠など花盛りでないところはない。

夕日さす梢ハはれてはる雨の
　雫にぬるゝ花のしたみち　　をたと
りて、谷中村の感応寺（注23）にて、
　夕栄の花に帰さもいそかれす
　　やま路のとかけ入相の声
弥生五日　けふも長閑なる昼つかた、孫らを
いさなひ、又東ゑいの御山にのほる、幼きものゝ
心のゆくにまかせて、花の陰をあゆませつゝ、
瑠理殿にのほれは、廻廊をうなひ子の群
つゝふみとゝろかしたるにつれて、むまこらも
はしれは翁も共にはしりたるそにけなきや、
　春の日の光にみかくるり殿に
　　あふく御法の花のしら雲
いさゝかかうしにけれは、山下の里なるゆかりの
人のもとをとひゆくとて、
　かほりゆく山した風をしるへにて
　　ふもとの里の花もとひミ舞

注23　感応寺…谷中七福神の一つ。七福神巡拝は京都で生まれたが、江戸では谷中七福神が最も古く、安永五（一七七六）年には開設されていた。感応寺は毘沙門天を安置する。

夕日さす梢は晴れて春雨の雫にぬるる花の下道
（夕日が射してきて桜の梢は明るいが、春雨の雫でまだ濡れている下道よ）
（花の下道）を辿り、谷中村の感応寺にて
夕映えの花に帰さも急がれて山路の常陰《とかげ》入相の声
（桜に夕日が射してきたので帰り道が急がれる。山陰の道に入相の鐘が響いてきた）

三月五日　今日ものどかな昼間に、孫たちを誘ってまた東叡の御山に登った。幼いものたちの心にまかせ花の下陰を歩き、途中、瑠璃殿があったので上ってみると、廻廊を幼い子供の群れが足音を踏みとどろかせて走り回っている。つられて孫たちも走り出すのでわれも追いかけて走りだしたのは、まことに年甲斐のないことであった。
春の日の光にみがく瑠璃殿に仰ぐ御法《みのり》の花のしら雲
（春の日の光に輝く瑠璃殿を仰げば、尊い仏の花は白雲のようにかかっているよ）
少し疲れたので、山下の里に知る人がいるので訪ねようと、
香りゆく山下風をしるべにて麓の里の花も訪ひみん
（山下から香ってくる風をしるべとして、麓の里の花をも訪ねよう）

むかしミやこの鶯の声よきを、あまた座主の宮氏ミやまに放たせ給ひしより、今も其種の伝りて、此里の鶯ハ、鳴声うるはしとて、小鳥飼人々ハめてぬるとか、折から隣家の竹籬にさえつりたり、

　世々を経てなく音かはらぬ鶯の
　　ねくらにしむる里のくれ竹

をさなきハ、こよひ此宿にとゝまらんなといへと、鳥すらもねくらに帰れはとすかしつゝ、夕栄の花に名残おしミて、

露のひまゆく駒しはしもとゝまらす(注24)、春の日数のうつりゆくまゝ、花も早散方になりぬ、色香ハ立をくれたれと、名にめてゝ桜草の花咲野辺にあそはんと、直一か思ひ立に日和よけれは、長都をも伴ひて、朝露わけて立出、本郷巣かもなとを過、小家かちなる里を

注24　露のひまゆく駒しはしもとゝまらす…この修辞は　露のひま（ひるま、乾る間）と　ひまゆく駒　のふたつが「ひま」で繋がれていると考えるか、「露の」は「ひまゆく駒」の重複した修飾とみるか、である。

「国歌大観」収載全歌集を調べたが「露のひま」はなく、「露のひる（干る・乾る）ま」だけである。露の乾く間という、ほんの短い時間を指すが、それははかない意味をこめる。一方、「ひまゆく駒」の句を使う歌は、どれも「露」を伴わない。ひまはすきまのこと。「ひま行く駒」とは家の外を通る馬を家の内で、壁の隙間から見ると、その通過することの早いこと、時が早く過ぎていくことのたとえとする。直純は「露のひるま」をひまとして、「ひまゆく駒」と掛詞としてつなげたのか。ひまを瞬間の意味にとって類似の「ひま行く駒」とつなげたのか。しかし、重複する必要はない。

昔、この御山の座主の宮様が、都の鶯の声の佳いものをたくさん集めて御山に放鳥なさって以来、今もその子孫が山を占めているので、この里の鶯の鳴声は美しいと、小鳥を飼う人々は珍重しているとか。おりから隣家の竹藪で囀《さえず》っている。

世々を経て鳴く音《ね》変わらぬ鶯のねぐらにしむる里のくれ竹

（何代経っても鳴く声の変わらない鶯は、里のくれ竹の林をねぐらとしているよ）

幼いものたちは、今夜はこの宿に泊まりたいなどと言うが、鳥さえねぐらに帰るのだからとなだめつつ、夕映えの花に名残惜しみながら帰った。

露の乾く一瞬の間をゆく駒は少しも止まらない。春の日数が過ぎていくまま、花ももはや散り方になった。色香は劣るけれどその名に愛でて、桜草の花咲く野辺に行こうと直一が思い立ち、天気も良いので長都をも連れて朝露を踏んで出立した。本郷、巣鴨などを過ぎ小家が建ち並ぶ里を離れると、よく耕された畑に出た。

はなるれは打はれたる畑にいつ、左右に雲雀の
あかると見れは、やかて落つ、おつるかとミれは又
あかりて、さえつりかはす、さゝやかなる鳥の
来しう、聞人の耳をよろこはしむ、時なるかな
菱の中にハ、雉もあさりたり、

　しはしこそ空にあかるもをのかすを
　　おもふひはりや又くたるらん

　菱もやゝほに出るころハ妻とひて
　　かた山はたのきゝす鳴色(注25)

め驚くはかり、一むら雨の霞をむしたるは
八重なる桃のまたさかり成けるもめつらし、

　ますらおかいつ種まきて咲桃の
　　くれなゐにほふ春のやま畑

板橋といふ宿をすき、志村(注26)の茶店に休らふ、
さきにしりかけゐたる人のいふハ、けふハてけもよし、
羽黒山権現(注27)に詣給ふにやととふ、己等は只野
遊にて侍れと、路のほと遠からすハ跡より

注25　きゝす鳴色…原文は「色」になっているが、「声」のまちがいと見た。
注26　志村…板橋の北に隣り、荒川の岸に至る六キロが戸田の渡しである。享保年中、将軍家のキジの猟狩場のある原だった。
注27　羽黒山権現…板橋の北に隣り、荒川の岸に至る一帯にある。戸田の渡し近く。

左、右と雲雀が上がるかと見ると、すうっと下りてくる。下りたかと思うとまた上がって、さえずり交わしている。小さな鳥が来て聞く人の耳を喜ばせる。まさに時節がら菱の中には雉《きじ》が餌をついばんでいる。

しばしこそ空にあがるも已が巣を思ふ雲雀やまた下るらん

（すこしの間とて空に上がる雲雀は、やはり自分の巣が気がかりなのだろうか、すぐに下りてくるよ）

菱《ひし》もやや穂に出るころは妻訪ひて片山はたのきぎす鳴く声

（菱も穂になる頃は、きぎすの妻訪いの季節である。山畑から妻呼ぶきぎすの声が聞こえてくるよ）

見るものすべてに感動させられる。俄《にわか》雨が通り過ぎて霞が棚引き空気は蒸している。八重咲きの桃が花盛りであるのも珍しい。

ますらおがいつ種まきて咲く桃のくれなゐ匂う春の山畑

（農夫がいつ播いた桃の種なのだろう。今、紅に咲き誇っている春の山畑よ）

板橋という宿場を過ぎて、志村の茶店でひと休みした。先に腰掛けていた人が、今日は天気が良いから羽黒山権現にお参りなさったのかと聞いてきた。われらはただ

まいりさふらはんといらふ、いさゝか坂をくたり小田打かへす賤にとひて、丸池の汀をめくれハ、はる〱と芝生のしとねしきたる中に、桜草をのれと生て咲出たる、いとうつくしう、池にハまた水鳥も浮へり、花に帰さわするゝ帰雁ならても、こゝは殺生を戒られたる池水のすミよきによれる成へし、江戸今少し近からハ、あそふ人々多からんと思はる、

　すみれをもつみはやさまし桜草（注28）
　　花さく野辺にけふはあそひて

野守の翁とかめねハ、根こして家つととす、戸田の渡（注29）にいたる、茶店の井の水わきあかりたる、いといさきよし、武蔵野ハほりかねの井もあるものを、近き年比ハ井ほるわさのたくミをえしにや、駅路をゆきゝの人あかす結ひぬ、渡舟に棹さして、向ひの岸につく、左の方に鳥居たてり、川そひを行ハ小き岡のうへに、かの権現の杜あり、石階

注28　桜草…文政十（一八二七）年刊の『江戸名所花暦』（直純が訪れた頃）に「今は尾久より、一里ほど王子のかたへ行って、野新田の渡といへるところ、俗によんで野新田の原といふにあり。花の頃はこの原一面、朱に染如くにして、朝日の水に映ずるがごとし。」とある。野新田は現在の北区豊島から新田橋（野新田の渡跡に架けられた）を渡った対岸の足立区新田。直純は丸池のほとりを巡りて、と書いており浮間あたりか。現在の北区浮間。浮間はカヤの自生地でカヤの自生地は桜草の自生地でもあった。野新田も浮間も荒川の岸辺一帯が桜草の自生地だったのだろう。

注29　戸田の渡…荒川沿いの北区、台東区に含まれる河岸は元禄三（一六八六）年に成立した柴宮、戸田、川口、千住、浅草があり、その後に袋、岩淵、幕末近くに神谷村（下肥の河岸）、下村、豊島村に作られた。

答えた。

野遊びに来たのですが、ここから遠くないのでこの後お参りしようと思います、と

少し坂を下り、小田を鋤き返している農夫に聞いて、丸池のほとりを回ると、はるばると続く芝生の敷物を引いたような中に、桜草が誇りかに咲いているのはたいそう美しく、池には水鳥も浮かんでいる。花に惹かれて帰るのを忘れた帰雁でなくても、ここは殺生を禁じられている池なので住みよいのであろう。江戸がもう少し近くだったなら、遊びに来る人々が多いだろうにと思われた。

すみれをも摘みはやさまし桜草花咲く野辺に今日は遊びて

（すみれをも賑やかに摘もうよ。桜草が咲く野辺に今日は遊んでいる）

野の番人が咎めないので、根を掘り家への土産とした。戸田の渡し場に着いた。茶店の井戸水が盛んに湧いている。武蔵野は堀兼《ほりかね》の井戸が有名だが、最近は井戸を掘る技術が進んだのだろうか、駅路を通る人々は飽くことなく、必ずここの水を飲んで行く。

渡し舟で対岸に着く。左側に鳥居が立っている。川沿いを行くと小さな岡の上に、権現の社があった。

のかたへに、岩たゝみ銅の龍口より滝落し
なとして河〻まにのそみ、いとよき眺め也、
向ひの野辺に、折にふれてハ、小鹿なとあそふとか、
秋は妻恋の声聞に来るすき人もありとそ、
昔はかゝる処有とも聞さりし、行末年を
歴は待て成歩も数そひぬへし、戸田村を横をれ
堤のうへを一里あまり行、川口といへる所に
いと尊き阿弥陀仏まします、寺の名をも苔
光寺といへるによしあるにや、拝ミにとこし人
ひとりふたり也、堂の前の桜のちりかた
成けるをミて、

苔ふかき法のむしろにちる花を
はらふ人なきふる古の庭(注30)

ものゝほしかりけれは、うしろの町にゆきかれ飯
くひ、さて帰さにおもむく、名ハ河口なれとあら
垣もなけれは、ゆきゝやすく、舟にてわたる、岩淵
稲謝十条なといへる村々を過、王子村に来る、

注30　ふる古の庭…ふる古の古は寺の誤字か。

石の階段の側に銅の龍口から滝を落とすなどして川に臨み、たいそう佳い眺めである。向いの野辺には時折、小鹿などが遊びにくるとか。秋には妻問いの鹿の声を聞きに来る、風流人もいるという。昔はそのようなことは聞いたこともなかったが、これから何年かすると、鹿の鳴くのを待ちかねて散策する人も増えてくるのだろう。戸田村を横切り、堤の上を一里（約四キロ）あまり歩く。河口という所に、たいそう尊い阿弥陀仏が鎮座しておいでになる。寺の名を苔光寺と称すのは、どんないわれがあるのだろうか。参拝に参る人、一人二人である。御堂の前の桜が散り際なのを見て、

苔ふかき法の筵《むしろ》に散る花をはらふ人なき古寺の庭

（苔深い仏法の筵に散りかかる花を、払う人もいない古寺の庭であるよ。）

小腹がすいたので後ろの町に行き食事をし、帰路についた。川口という名であるのに荒垣も流されたままなので通り抜けでき、舟で渡る。岩淵、稲謝、十条などという村々を過ぎて、王子村に来た。

いなつけに、太田道灌（注31）の守本尊のふけんほさち
安居せし寺あるのみにて、こと成所もなし、
稲荷の杜へハさいつ比まうて給ひぬ、けふはあゆミ
かうし給ひぬらん、路近きかたをとて、直一かいさ
むるに随ひ畑の中をなゝめに、細き路をたとりて、
滝野川（注32）に出たる、こゝにしも休らへといふにも
まさる山吹の咲かゝりたる岸にて、

行春をせきとめすとも滝野河
　ちらてうつろふきしの山吹

丸木二もとかけたる橋をわたらんとするに、茶
うる娘かいふハ、紅葉の秋は又こそとひ来ませ
と聞くもことはりにて、楓のミとり水にうつるを
見れは、露霜の染る比ハ、さそ紅の淵やふか
からんと思はる、染井駒こめ千駄木なといふ
所をすき、夕つけてやとりに帰りつきぬ、今
年の春ハ去年に似す、山風のあらきうらみ
わすられて、所々の花見めくりしこと、

注31　太田道灌…稲付村は中世に太田道灌の居城があった地。村内にある静勝寺の地域は東叡山に属していた。道灌の末裔である太田資宗が建立した。

注32　滝野川…地名の由来は石神井川の流れが急流のようにとどろいていたからという説がある。王子権現、王子稲荷の参詣、春は飛鳥山の桜、夏は不動の滝、秋は金剛寺の紅葉、冬は雪見で、滝野川は四季を通じて賑わっていた。

稲付に太田道灌の守が普賢菩薩を安居した寺があるだけで、他に見るべきものもない。稲荷神社には先年参詣した。今日は歩き疲れてしまったので、近道をしようと直一が言うにまかせ、畑の中を斜めに細い道を辿って、滝野川に出た。ここで少しお休みなさいというので足を止めると、そこは言いようもなく美しく山吹が咲きしだれている川岸だった。

　行く春をせき止めずとも滝野川散らでうつろふ岸の山吹

（過ぎゆく春をとどめようとしてもできないよ、滝野川よ。散らずに静かに移ってゆく川辺の山吹だから）

丸木二本を渡した橋を渡ろうとした時、茶店の娘が、紅葉の秋には又訪ねておいでなさいと言うのも当然で、楓の緑が水に映っているのを見れば、露霜が楓を染める頃は、さぞ紅色の深い淵が現れるのだろう。染井、駒込、千駄木などという所を通って、夕方家に着いた。今年の春は去年とは異なり、山風の荒々しかった恨みが忘れられ、所々の花を見巡ったことは、寂しい老いの身に訪れた幸いであるよ。

閑散なる老の身のさちなるはや、

文政五年壬午三月

この一巻老の幸とや

名付たるへきか

松野直純識

文政五（一八〇八）年三月

松野直純記す

この一巻、老の身の幸という題がふさわしいか。

あとがき

直純が「卒土の濵つと」の冒頭を李白の言で書出しているが、これは松尾芭蕉も「おくのほそ道」の書出しに用いている。李白や芭蕉に比べるつもりはさらさらないが、本書をなすことは旅をしてきたことと同義である。前書『阿子屋の松』執筆の際よく分からなかった、松野直純を探す旅を続けてきた。原文を何度も読み返し現代語に直してから、注を付けるべくノートを作った。注の項目と読めていない文字の何と多かったことか。最初のノートを見て何と無謀なことに手を出してしまったのかと、冷や汗が出る。それがまだ不完全ながら、ある程度の形を為すことができたのは、ひとえに菊池勇夫先生の御教授の賜物である。先生には筆者六十代の時、大学の講義を三年間聴講させていただき、その後、古文書を読む教室に断続的に参加させていただいているその甘えから、文字の読みや歴史のことを的確に教えていただいた。また、久保田啓一先生には、以前、菅江真澄の論文を書く際に、近世の冷泉派歌壇について直接ご教示いただいたが、今回も御著書『近世冷泉派歌壇の研究』と一連の「成島信遍年譜稿」を教科書として全面的に頼った。お二方の先生に心からの感謝を申上げる。

直純の随筆の注を付けるべく、文字通りの旅をしてきた。直純と縁のあった伊能忠敬の注をつけるため、昨夏、佐原はもちろん、樺太（サハリン）まで行ってしまった。この書には直接関係しないのだが、忠敬が蝦夷地未踏の部分の探索を間宮林蔵に託したことを知り、どうしても間宮が行き着いた樺太の果て、当時の樺太の面影を見たくなったのである。旧日ソ国境北緯五十度線を越えオハまで行った。密林は疎林に変わり、想像力を働かせて当時を偲ぶしかなかったが、こんなふうにして注を付けてきた。恐ろしく非効率的だが、こういう方法で直純を知る旅をしてきた。未知の人物や事項を調べるのに、現代のやり方だとパソコンの検索で座ったままで立ちどころに、眼前に顕われる。いくつもの辞典・事典をめくり、図書館を県を跨いで探し回るのは、時代遅れなのだろう。負け惜しみのようだが、現地の空の色、風の匂い、野のそよぎ、郷土食、旅先で出会うひと……。こういう楽しみはパソコンでは味わえない。

最初に、「阿古屋の松」翻刻の終りまで松野直純を知らなかったと書いたが、翻刻途上で、時々、書写者を意識することがあった。それは写されている津村淙庵の和歌が字余りだったり字足らずの場合があったからである。その時だけ、あれ、書写者は和歌を知らない人か、と意識が向いた。もちろん、書写に誤写は付きものである。長文を写すのに意識を持続させることは難しい。しかし、何回か繰り返されると少し疑念が湧いていた。直純が「阿古屋の松」を書写した文化八年は、若君の侍読に任命され儒学を教えていたが、自身の和歌は勉強中だったらしい。「阿子屋の松」の和歌の誤写は、和歌がまだ未熟だったからなのだ。

直純の和歌の学びは、自ら書いているように（「年月の移り変わり」）、二十一歳の時二条流の和歌を学んだが、すぐにやめている。再開するのは、藩主寧親が冷泉門に入門した際、家臣たちにも入門を勧めたのである。関東冷泉門の元締め成島信遍が率いた門に入り、信遍の息、和鼎、その養子勝雄、勝雄の子司直に指導を受けていたと見られる。本格的に和歌に打ち込んだのは、病のため若君の御側用人を辞した、文化十三年（五十一歳）からなのだろう。直純の和歌はうまいとは言えまい。枕詞や過剰な修飾語を駆使している文章に時に辟易したし、和歌を口語訳する意味を悩んだりした。それでも直純は愛すべき人物である。

直純という人は藩主を心から尊崇し、自分に向けられた恩義に深い感謝を抱いている。それは、当時の武士の精神構造のうちであろう。和歌という生きがいをみつけ、家庭にあっては子や孫を愛し、子・孫からも尊敬され慕われて、幸福な人生だったといえよう。子に尊敬されていたからこそ、「松野直純随筆」は残ったのである。

松野直純を知る旅を続ける途上、再発見や新しい出会いもあった。弘前藩に関する事項を調べるために伺った弘前市立図書館で、古文書の「津軽編覧日記」と「封内事実秘苑」の翻刻本に出会った。その中に松野茂右衛門（直純）をみつけることができた。地元に残る貴重な資料、それも大部な量をひとりでこつこつと翻刻され、製本して図書館に納められたものだった。これで、私のような者にも津軽の深いところが理解されることになる。偶然にも翻刻者の畑山信一氏に出会い、いろいろ津軽の歴史や文字の読みまで教えていただいた。これも出かけたからのことである。旅は新しい出会いを用意してくれている。

人生は旅である、と私の言葉としても言える。二十代の終り、万葉集の勉強から始めて、江戸時代後期までたどり着いた。今回の旅でもたくさんの人々の手を借りてきた。漢文が不得意な私は引用の出典を義弟板見潤一氏に指摘してもらった。この道に導いて下さった青木生子先生は、万葉集から際限なく漂流する私を温かく見守ってくださっておられたが、昨秋、黄泉の国に旅立たれた。九十歳を過ぎても御著書を出版しておられた先生の、学問に対する情熱とやり遂げる力には遠く及ばないのだが、良き師と拙書を喜んで読んでくれる友がいて、ささやかながら学びの場もあるので、日々、衰えていく肉体を伴走者としながら、もう少し、旅を続けていこうと思っている。

津軽藩士の松野直純のご縁で、津軽の出版社から刊行することに決めたが、北方新社のみなさんには熱心に作業をしていただいた。心から感謝申上げる。

二〇一九年　日本列島全体が酷暑の八月に

参考文献一覧

飢饉から読む近世社会（菊池勇夫著　校倉書房）
幕藩体制と蝦夷地（菊池勇夫著　雄山閣出版）
近世冷泉派歌壇の研究（久保田啓一著　翰林書房）
成島信遍年譜稿
（久保田啓一著　広島大学大学院文学研究科論集）
新説伊能忠敬（佐々木達夫著　大空社）
近世服忌令の研究（林由紀子著　清文堂）
続つがるの夜明け（山上笙介著　陸奥新報社）
津軽編覧日記（畑山信一翻刻　自家出版）
封内事実秘苑（畑山信一翻刻　自家出版）
新青森市史通史編（近世）（青森市史編集委員会）
弘前城築城四百年（長谷川成一編著　清文堂）
街道の日本史―津軽・松前と海の道
（長谷川成一編　吉川弘文館）
日本歴史叢書弘前藩（長谷川成一著　吉川弘文館）
津軽歴代記類―みちのく叢書５（国書刊行会）
津軽史事典（弘前大学国文研究室）
新編弘前市史（新編弘前市史編纂委員会）
東北産業経済史５―津軽藩史（東洋書院）
仙台藩士事典（坂田啓　創栄出版）
復刻版伊達世臣家譜（鈴木武夫編　宝文堂）
仙台人名大辞書（菊田定郷　仙台人名大辞書刊行会）
只野真葛集―叢書江戸文庫
（只野真葛著　鈴木よね子校訂　国書刊行会）
城下町仙台の職人衆―仙台江戸学叢書
（鯨井千佐登　大崎八幡宮）
岩手県史④通史近世（岩手県）
北区史―通史・民俗編（北区史編纂調査会）
徳川実紀―国史大系（吉川弘文館）
寛政重修諸家譜（村山貴久男編　八木書店）
江戸東京の地震と火事（山本純美著　河出書房新社）
全釈漢文大系10―荘子（集英社）
江戸和学論考（鈴木淳　ひつじ書房）
遊歴雑記（十方庵敬順　東洋文庫）
天明三年浅間大噴火（大石慎三郎著　角川選書）
菅江真澄全集２（菅江真澄著　未来社）
新日本古典文学大系5・6・7・8・9・57（岩波書店）
幕末下級武士の絵日記（大岡敏昭著　水曜社）
全訳漢辞海（戸川芳郎監修　三省堂）
日本近世人名辞典（吉川弘文館）
日本人名大事典（講談社）
青森県人名事典（旧）（東奥日報社）

江戸文人辞典（東京堂）
三百藩家臣人名事典（新人物往来社）
大漢和辞典（諸橋轍次編纂　大修館）
和歌の歌枕・地名大辞典（吉原栄徳著　おうふう）
日本史色彩事典（丸山伸彦　吉川弘文館）
和の色事典（内田広由紀　視学デザイン研究所）
角川日本地名大辞典（角川書店）
日本歴史地名大系（平凡社）
新編国歌大観（角川書店）
日本の家紋大事典（日本実業出版社）
日本家紋総覧（角川書店）
藩史大事典①（雄山閣）
ウェブサイトＡＤＥＡＣデジタルアーカイブスシステム
「石黒信由関係資料」
別冊太陽伊能忠敬 2018・5（平凡社）
国宝伊能忠敬関係資料 2018・3（伊能忠敬記念館）
中国古典名言事典（諸橋轍次　講談社）

細川　純子（ほそかわ　すみこ）

1942年宮城県仙台市生まれ。

1975年宮城学院女子大学卒業。1977年日本女子大学文学研究科修士課程修了。同年宮城学院中学校高等学校勤務。1987年から宮城学院女子大学日本文学科非常勤講師を兼務。2001年東北芸術工科大学大学院芸術工学研究科入学。2003年修了。修士号取得。

主な論文・著作として『万葉研究』1～22号に発表、「向つ峰の呪性」（「古代文学」28　古代文学会）、「木を歌うことは」（『上代文学の諸相』塙書房）、著書『菅江真澄のいる風景』（みちのく書房　2008年）、『菅江真澄の見た仙台』（大崎八幡宮　2013年）、『菅江真澄の文芸生活』（おうふう　2014年）、「「筆の山口」の世界ー当時の文芸事情と真澄の立ち位置」『真澄研究』20号（秋田県立博物館　2016年）、『阿古屋の松』（無明舎出版　2016年）

ある津軽藩士の人生
――松野直純随筆の翻刻・注釈・現代語訳

二〇一九年九月二十日　初版発行
翻刻・注釈・現代語訳　細川純子
原　文　松野直純
発行所　㈲北方新社
青森県弘前市富田町五十二
TEL　〇一七二（三六）二八二一
FAX　〇一七二（三二）四二五一
印刷所　㈲小野印刷所
ISBN978-4-89297-265-2